JN324220

インディゴの夜

加藤実秋

集英社文庫

contents

Special contents

インディゴの夜

本文イラストレーション／コースケ
本文デザイン／新上ヒロシ（ナルティス）

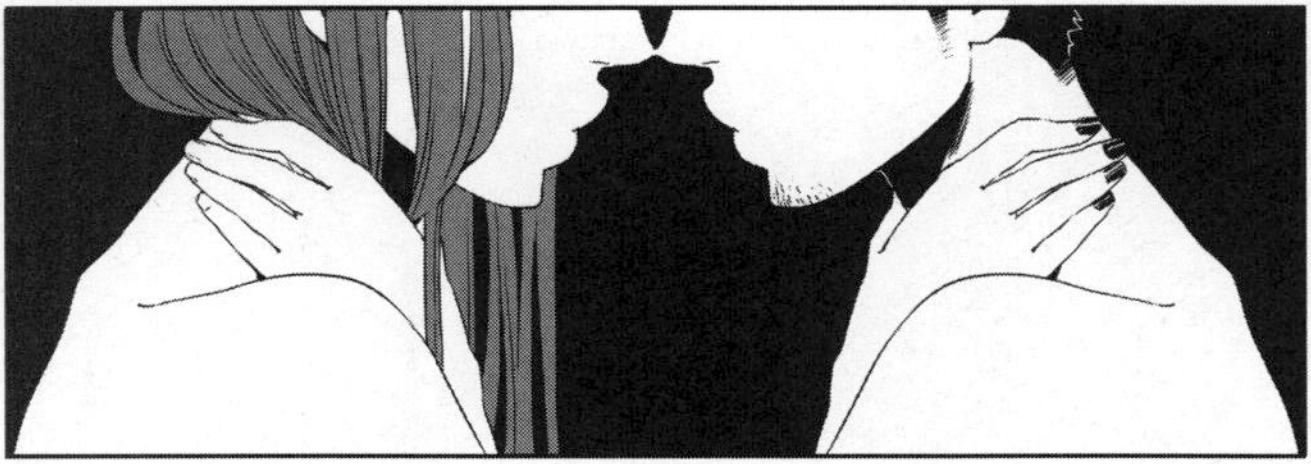

インディゴの夜

新宿〈プチモンド〉には、どうして同業者が多いんだろう。

隣のテーブルではさっきから若い女が、作家か評論家らしい化粧の濃い中年女にインタビューをしている。長い髪をヘアクリップでまとめた彼女は、中年女が語る〝作品のコンセプト〟を聞き逃すまいと、一心不乱にメモを取っていた。

向かいのソファでは、形の崩れたジャケットを着た中年男四人が機関車のように煙草《タバコ》のけむりを吐きながら、打ち合わせ中。二卓つなげたテーブルの上には、付箋《ふせん》がたくさんついた本やダブルクリップで留めた分厚い書類の束が広げられている。

出版関係者が多い喫茶店は他にもいくつかある。池袋東口の〈耕路《こうろ》〉、渋谷なら〈フランセ〉。

どの店も雑然として、落ち着くようで落ち着かない。でも場所のわかりやすさ、テーブルの広さ、長居できて煙草が吸い放題等々の条件で絞っていくと、残るのは自然とこの手の店になるのだろう。

「申し訳ない」

浅海《あさみ》さんは、現れるなり右手を顔の前に立てた。ごま塩頭に台襟のシャツ、ぱんぱんに膨れたショルダーバッグと本がぎっしり詰まった手提《てさ》げ紙袋。いつ会っても不変のコーディネートだ。

「いま来たところですから」

そう言って、私は笑いかけた。

「お忙しいですか？」

「まあそこそこ」

「それは結構ですね」

お約束の挨拶《あいさつ》を淡々と交わし、浅海さんはコーヒーを注文した。

「まずは、お目通しいただいて」

テーブルの上に、書類が置かれた。

『翠林《すいりん》出版　ニコニコ元気ブックス【前立腺《ぜんりつせん》の病気がわかる本】企画書』。表紙にワープロで、そう打たれている。

「今回は前立腺ですか」

「前立腺肥大症だと思ってたらガンだった、ってパターンが増えてるんですよ」

浅海さんは神妙な顔で言い、中指で眼鏡《めがね》のブリッジを押し上げた。私は頷《うなず》き、企画書に目を通した。

『第一章　五十歳以上の四人に一人は前立腺肥大！　第二章　おしっこが近くなったら危険信号！　第三章　排尿と射精の仕組みを学ぼう……』

「著者は大学病院の教授です。取材日が決まったら、連絡しますので」

「私が原稿を書いても問題ないでしょうか?」

「と、いいますと?」

「私、前立腺ないんですよ。女なので」

大真面目《おおまじめ》だったが、浅海さんは、

「またまた、高原《たかはら》さん。なにを今さら」

と苦笑いした。

素人でもあるまいし、か。

私がこの仕事を始めて、十年ちょっとになる。某三流大学入学と同時に編集プロダクションでアルバイトを始め、それがきっかけで卒業と同時にそのままフリーのライターになってしまった。以来、雑誌や企業のPR誌、会社案内といろいろな仕事をしたが、ここ二、三年は健康ものの実用書がほとんどだ。

健康本や「○○入門」「○○の飼い方」のようなハウツー本は、著者はその道のプロということになっているが、本人が直接原稿を書くことはほとんどない。私のようなライターが取材や資料を基に原稿を起こし、それをゲラの段階でチェックしてもらうのだ。早い話がゴーストで、ライターの名前は一切表に出ない。華やかさのかけらもない仕事だが、実用書は不況にあえぐ出版界を裏で支える屋台骨。仕事だけは切れめなくある。

「進行は、前倒し前倒しでよろしく」

浅海さんは念押しして私に資料の書類と本をどっさり渡し、次の打ち合わせに消えていった。

腕時計を見ると、七時半だった。エレベーターで地下一階まで降りて新宿駅に行き、山手線《やまのてせん》に乗った。


渋谷で降りると東口に出た。首都高の下の歩道橋を渡り、明治通りを恵比寿《えびす》方向に向かって歩く。

このあたりは、渋谷でも一風変わったエリアだ。前を明治通り、後ろを渋谷川と東横線の線路に挟まれた細長い土地に、大小のビルがびっしりと建っている。居酒屋やファストフードショップ、古い商店などが統一感なく並び、行き交う人々も若者からスーパーの袋を下げたいかにもロコスタイルのおばさん、加えて週末になると場外馬券場をめざし、濁った目の男たちであふれ返る。さらに最近になってカフェや雑貨屋、ヘアサロンなどの小じゃれた店も次々とオープンし、通称・裏渋《ウラシブ》とか渋3《シブサン》とか呼ばれるおしゃれエリアになりつつあるらしい。

明治通りを右折して路地に入り、渋谷川にかかる小さな橋を渡った。川といっても名ばかりで、コンクリートで固められた川底を鉄錆色《てつさびいろ》の水がちょろちょろと流れているだ

ない。それでも、このあたりは一年中じめじめと湿っぽく、ドブの臭《にお》いと小バエが絶えない。

〈club indigo〉は、橋のたもとに建つ古いビルに入っている。エレベーターで二階に上がり重たい鉄のドアを押し開けた。とたんにむっとした空気と、大音量のヒップホップミュージックがぶつかってくる。

開店から一時間ほどだが、客席はほぼ埋まっていた。広いフロアはいくつかのコーナーに仕切られ、それぞれにデザインも素材も異なるソファとテーブルがセットされている。ソファの中央に座っているのは客の女たち。両脇と正面を、ホストが囲んでいる。

「それマジ超やばくない？」

長い髪をドレッドに編んだホストになにか囁《ささや》かれ、客の一人が甲高い声をあげて笑い転げた。そり返った白い喉《のど》がキャンドルの明かりを受け、なまめかしく光る。他のテーブルからも、ヒステリックな笑い声や手を叩《たた》く音が聞こえてきた。

客はほとんどが二十代。学生とフリーターが多く、ＯＬもいる。スカートの下に、さらにジーンズやレギンスをはくという組み合わせが目立つ。一九六〇年代生まれには、理解不能なコーディネートだ。

狭い通路を進むと、接客中のホストたちが目だけで挨拶をしてきた。私もそれにすばやく応《こた》え、事務所に向かった。

店内は吹き抜けになっていて、フロアの中央に狭い螺旋階段《らせんかいだん》がある。ここを登るとDJブースを備えたダンスフロアとカウンターバー、その奥がバックヤードになっている。バックヤードの廊下を歩いていくと、絶妙なタイミングで突き当たりのドアが開いた。

「高原オーナー。おはようございます」

憂夜《ゆうや》さんがドアノブをつかんだまま、うやうやしく頭を下げた。石鹼《せっけん》をきつくしたような香水の香りが鼻を突く。

「おはようございます」

つられて頭を下げると、

「塩谷《しおや》オーナーがお待ちです」

と口の端だけを上げて微笑《ほほえ》んだ。

憂夜さんはこの店のマネージャーだ。香港《ホンコン》の映画スターを思わせる濃厚な顔立ちに、イタリアンブランドのソフトスーツ。日焼けした額には、茶髪の前髪を常に一房垂らしている。年齢不詳、本名すら知らない。

私が入っていくと、塩谷さんはだらしなく椅子《いす》に座り、足を机の上に投げ出していた。ラルフローレンのBDシャツにシワだらけのチノパン、典型的な編集者ファッションだ。塩谷さんは文京区にある大きな出版社で、パソコン雑誌を作っている。

「仕事は？」

「今朝《けさ》校了した」

そっぽを向いたまま、ぶっきらぼうに答えた。四角い顔に小さな目。本人は韓国の映画スター、ハン・ソッキュ似だと言い張るが、私にはCHAGE and ASKA の CHAGEにしか見えない。

「お疲れさま」

口先だけで言い、私はソファに座った。中央に背の低いパーティションを置き、部屋の手前を憂夜さんのオフィス、奥をオーナールーム兼応接室として使っている。塩谷さんは鼻を鳴らすと、キャスターのついた椅子を左右にゆらゆらと揺らし始めた。今朝校了だったということは、その後、家でたっぷり十時間は寝ているはずだ。これでも機嫌は悪くないのだろう。

塩谷さんと知り合ったのは、今から五年ほど前のことだ。当時彼が編集していた軽薄かつ軟弱な青年誌で組まれたある企画を、私がやることになったのだ。

第一印象は最悪。この無愛想ぶりはなにごとかと思った。後から人づてにスクープがらみのトラブルで週刊誌の編集部から飛ばされてきたばかり、と聞き納得がいった。しかし、ガラの悪さなら私も筋金入りだ。さらに上手《うわて》のグレっぷりで対抗したところ、いつの間にか妙な信頼関係が生まれていた。

以来数年間、二人でアダルトビデオの撮影現場から真夜中の心霊スポットまで取材に飛び回り、企画会議と称しては朝まで飲んだくれていた。そんな時、一番盛り上がったのが「絶対成功するサイドビジネス」だった。新興宗教を始めるとか、ロシアで三色ボールペンを売るとか、全く現実味のないプランを真剣に語り合うのがたまらなく楽しかった。

ことの起こりは、ある夏の真夜中。池袋の飲み屋だった。

その日取材したのが新宿歌舞伎町《かぶきちょう》のホストクラブで、私はそこで感じたことを思いつくままにしゃべっていた。「なんでホストクラブって、店も従業員もワンパターンなの？　もっといろんなタイプがあってもいいじゃない」みたいなことだったと思う。加えて、当時私はクラブ（アクセントは〝ブ〟）遊びにハマっていたので、「クラブみたいなハコで、ＤＪやダンサーみたいな男の子が接客してくれるホストクラブがあればいいのに。女の子たちの間で絶対に話題になる」とも話した。

すると、塩谷さんの小さい目が光った。持っていた割り箸《わばし》を放り投げ、

「お前、有り金かき集めていくらになる？」

と言って私をじろりと見た。

それからひと月。姿が見えないなと思っていたら、開店の段取りが調っていた。

「帳簿をお持ちしました」

ぎょっとして振り向くと、憂夜さんが立っていた。手に黒革の分厚い帳簿を持っている。この人には、足音を立てずに歩くという特技もあるらしい。

憂夜さんは塩谷さんが連れてきた。初めはあまりの〝王道ホスト〟ぶりに腰が抜けたが、お金の管理からホストたちの仕切りまで、完璧《かんぺき》にこなしてくれている。なにがあったか知らないが塩谷さんに深い忠義心を抱《いだ》いているらしく、私にもとても丁寧に接してくれる。

三人で帳簿を見ながら話をした。月に一度の経営会議だ。売り上げは順調に伸びている。

店のプロデュースは、私がやった。内装と音響設備に金をかけ、有名クラブで回すDJを呼び、カクテル中心のドリンクを作るのも一流ホテルから引き抜いたバーテンダーだ。ホストたちは憂夜さんと二人で集めた。学生、フリーターの他、役者やモデル、ダンサーなどの卵もいる。

料金も、従来のホストクラブより安く遊べるように工夫した。初回は飲み放題で税金・チャージ料込みで三千円、二回め以降も一万円ちょっとあれば、おしゃれで面白い男の子とバカ騒ぎができる。

噂《うわさ》は口コミで広まり、桜丘町でホスト三名で始めた小さな店は、わずか二年でホスト三十名を抱える大箱に化けた。青山か麻布あたりに二号店を出す計画もある。

店を始めた時、私は別に儲《もう》からなくてもいいと思っていた。出したお金がパアになっても借金さえできなきゃそれでいいや、そんな程度だった。それより大の大人、しかも男二人が、私なんかの話を真剣に聞いてくれるのが嬉《うれ》しかった。

しばらくすると、下から一気コールが聞こえてきた。indigo では珍しいことなので、塩谷さんがブラインドを指で押し広げて覗《のぞ》き込んでいる。オーナールームは壁の一面がガラス張りになっていて、客席を一望できる。私も同じようにして様子を窺《うかが》った。

真下のVIPルームに、古川《ふるかわ》まどかと池下若菜《いけしたわかな》の姿があった。二人ともトップクラスの上客で、特にまどかはこのところ三日と空けずに来店している。どちらも茶髪の巻き髪に白シャツ襟立て、ケリーバッグの蓋《ふた》のベルトをはずしっぱなしにしているところまでお揃《そろ》いだ。両脇にはソフトモヒカンのＴＫＯ《タケオ》と巨大アフロのジョン太《た》が座り、ヘルプには新人のテツがついている。

女たちのご指名を受けたのは、テツのようだ。ドンペリのボトルを鷲《わし》づかみにして前に進み出た。テーブルの上には、同じボトルがすでに二本空になっている。だぶだぶのパーカを着たテツは、声援に応えるように両手を高く上げると、そのままボトルに口をつけ、勢いよく傾けた。手拍子のテンポが一気に速まる。まだ幼さの残る顔が、みるみる歪《ゆが》んでいくのがわかった。まどかがそれを指さして笑い、ＴＫＯの肩にしなだれかかった。

胸元を汚しながらも、テツはなんとか飲みきった。ヒステリックな歓声があがる。テツは空になったボトルをまとめて抱え、足早にVIPルームを出ていった。おそらくトイレに直行して吐くのだろう。

「あいつのところは、入稿真っ最中のはずだぞ。ちゃんと仕事してんのかよ」

塩谷さんが不機嫌そうに言った。古川まどかは、彼と同じ出版社のファッション雑誌《Carat《カラット》》の編集部員だ。

半年ほど前。まどかがプロデュースして若菜が原稿を書いた、一冊の本が出版された。その名も『天使のごほうび』。「ハーブティーの中に落とした角砂糖からたち上る、世界一小さな陽炎《かげろう》」だの「自分のしっぽとワルツを踊る子犬」だの、暮らしの中のそりゃもうステキなシーンの数々が、ハートウォーミングな写真と、ポエティックな言葉で紹介されている。「究極の癒《いや》し本」と銘打ったこの本は、あっという間に三十万部突破のベストセラーになってしまった。

「今さら手を赤ペンまみれにする気になんて、ならないんじゃないの」

私が言った。今や若菜は新進美人ライター、まどかもカリスマ編集者として雑誌だテレビだと引っ張りだこだ。

けっ。そう呟《つぶや》き、塩谷さんはデスクに戻った。

「タヌキ顔というよりタヌキに似てる」「痩《や》せてりゃいいってもんじゃねえんだよ」。これが、まどかと若菜それぞれに下した彼の評価だ。

午前四時。店を閉めると、ホストたちと飲みに出かけた。朝八時までやっている、南《なん》平台《ぺいだい》の中華ダイニングバー。あえて天井を低く丸くして、白い洞穴《ほらあな》の中にいるような造りにしている。インテリアは、すべて上海《シャンハイ》で買いつけてきたアンティーク。壁には鮮やかな赤で、龍虎《りゅうこ》や金魚などの絵が描かれている。

私も塩谷さんも〝表の仕事〟があるので、ふだん店は憂夜さんに任せきりだ。だから毎月の会議の後には、ホストたちを連れて飲みにいくことにしている。むだ話をするだけだが出席できるのは売り上げトップの数名だけなので、彼らの間ではステイタス扱いされているらしい。その日も油っぽい料理をつまみながら、ホストたちの他愛《たわい》のないおしゃべりを聞いていた。

「晶《あきら》さん。たまには俺らの相手もしてくださいよ」

ジョン太が甘え声で言った。ヅラのようなアフロヘアに、無理矢理サンバイザーをかぶっている。

「今してるじゃない」

「プライベートで遊んで欲しいんすよ」

「なんで？」

私の真顔の返答に、みんなが笑う。ジョン太は「即答かよ！」とアクションつきで突っ込みを入れ、ソファに倒れた。その上に、歓声とともにホストたちが飛び乗っていく。埃《ほこり》が舞い上がり、グラスのビールがこぼれた。憂夜さんが眉《まゆ》をひそめ、塩谷さんはなぜかへらへらと嬉しそうに眺めている。

「(美) 男の中に (三十路《みそじ》) 女が一人」。夢のような環境なのかもしれないが、私はホストたちに個人的な関心は抱いていない。みんな毛並みも頭もいい。でも私には、ペットショップのショーウィンドウの中でじゃれ合う子犬にしか見えないのだ。

「おだまり！」

ドスの利いた声が響き、ホストたちの騒ぎがぴたりとやんだ。なぎさママの登場だ。きっちりセットされたロングの巻き髪に、ロエベのレザースーツ。両手の指にはごつい宝石のついた指輪が、メリケンサックのように並んで輝いている。

「今どき猿山の猿だって、もう少し行儀がいいわよ。そんなに騒ぎたきゃ、センター街のマックへお行き」

完璧な曲線に描かれた眉をつり上げ、ママはホストたちの顔を見回した。みんな体育教官室に呼び出された高校生のように、ばつの悪そうな顔で俯《うつむ》いている。

「いつも申し訳ありません」

憂夜さんが神妙な顔で頭を下げると、たちまちママの顔がゆるんだ。

「あら、いいのよ。わかってくれれば」

言いながら憂夜さんの腕を取り、みっちり肉のついたお尻ですばやく塩谷さんを押しのけて隣に座った。

なぎさママは、この店の他に三軒のレストランとバーを経営するやり手で、夜の渋谷ではちょっとした有名人だ。ママと呼ばれてはいるが、戸籍上はれっきとした男。しかも、とうに五十をすぎている。本人曰《いわ》く、「ニューハーフなんて便利な言葉がなかった時代から、八センチヒールにミニスカで道玄坂を肩で風切って歩いてた」らしい。

「ねえねえ晶ちゃん。肌荒れに効く薬の情報ない？」

私の三倍はある、ただし中身は生理食塩水パックの胸を憂夜さんの腕に押しつけながら耳元に囁いてきた。見るとメイクとフェイスリフト、ヒアルロン酸、その他もろもろで作り込まれた美しい顔のところどころに、大小の吹き出物ができている。

「ママは注射を打ちすぎなのよ。最低でも、二週間は間隔を空けなきゃだめって言ったじゃない」

多くのニューハーフ系の男性同様、ママも美容整形外科でホルモン剤の注射を打っている。女性になりたい男性には女性ホルモン、その逆には男性ホルモンを打つことで欲してやまない肉体に近づくことができるのだが、大きなリスクが伴う。副作用だ。その代表が肌荒れで、脂質代謝の異常が原因のニキビやシミなどが大量に発生する。

「わかってるけど……」ママは少し悲しそうな顔をした。「このまえ取材で、製菓用のゼラチンを飲み物に混ぜて飲むと肌にいいって聞いたけど」

「ホント？　ゼラチンね。ありがと。試してみる」

真偽のほどは定かでないが、なぎさママはそのむかし、高校教師をしていたそうだ。そこで教え子の男子生徒と恋に落ち、手に手を取って東京に逃げてきたという。しかし、その生徒がどうなったのか、なぜママがスカートをはき、この街の顔役になったのかを知る人はいない。

誰かの携帯電話が鳴りだした。着メロはEXILE、TKOのだ。メールが届いたらしく、液晶画面を眺めながら鬱陶《うっとう》しそうに顔をしかめている。さっきから彼の携帯は鳴りっぱなし。全部客からのラブコールだ。

TKOは、指名・売り上げともにナンバーワンのホストだ。しょぼいクラブで踊っているところをスカウトした。どうということのないルックスだが、若い女が好きそうな「あるある話」が得意で、場を盛り上げるのが上手《うま》い。今日もぱっと見はそのへんの大学生だが、ジーンズはD&G、スニーカーはプラダだ。まさしく平成の成金スタイル。

「すみません。ちょっと面倒な客がいて、顔を出してきたいんですけど」

いかにもいやいやという顔で、TKOは言った。

「ほどほどにしておけよ」

憂夜さんの言葉に神妙に頭を下げ、店を出ていった。

初めのうち、憂夜さんとホストたちのあまりのギャップに不安を抱いた。しかし彼の頑《かたく》ななまでに一貫したスタイルは「リスペクトに値する」そうで、憂夜さんの言うことはみんな素直に聞いている。

しばらくして、今度は憂夜さんの携帯が鳴った。相手はＴＫＯらしい。話し始めてすぐ、彼の顔色が変わった。

「古川まどかが死んだそうです」。電話を切り、はっきりそう言った。


慌てて三人でタクシーに飛び乗った。

まどかの家は、恵比寿公園の近くの小さなマンションだった。エントランスの前で真っ青な顔のＴＫＯが、私たちを待っていた。蛍光灯が点《とも》る階段を四人で駆け上がる。まどかの部屋は二階の角だ。開けっ放しのドアから恐る恐る憂夜さん、（なぜか）私、塩谷さんの順で室内に入った。ＴＫＯは廊下に立ったまま入ろうとはしない。

広めの１ＬＤＫ。フローリングの床に、ミッドセンチュリーの家具。きっとご自慢の城だったのだろう。まどかは、リビングの真ん中に倒れていた。青から紫に変わりかけた顔色、はげた口紅。幸い目は閉じていた。シワだらけになった白シャツから覗く細い首には、しゃれたフリンジの革ベルトが食い込んでいた。

まどかを一瞥《いちべつ》し、憂夜さんは携帯電話を取り出し警察を呼んだ。

「なにこれ」

私は手を触れないように注意しながら、まどかの胸の上を覗き込んだ。Ａ４サイズの白い紙が載せられている。「天注」。黒いサインペンでそう書かれていた。テレビの刑事ドラマなどでよく見る、定規を当てて書いたような文字だ。

「ひょっとして、天誅の間違い？」

「犯人は国語が苦手らしいな」塩谷さんが言った。

「どういう意味かしら」

「言葉通りの意味だろ」

二人とも、妙に落ち着いていた。

室内はひどく荒れていた。スタンドは倒れ、花瓶は割れ、棚の中の本やＣＤが床の上にぶちまけられている。まどかは最後まで、侵入者に抵抗を試みたらしい。

間もなく、サイレンの音が近づいてきた。憂夜さんが案内のために降りていき、私と塩谷さんも廊下に出た。ＴＫＯが壁にもたれ、虚《うつ》ろな目で向かいの部屋のドアを見ていた。

「まどかは誰かに恨まれてたってこと？」

問いかけると、TKOは頷いた。

「そうです。殺《や》ったのはストーカーです」

「ストーカー？」

「まどかは俺に、ストーカーに狙《ねら》われてるって話してたんです。でも、気を引くためのネタだと思ってた。まさかこんなことになるなんて」

「犯人について、なにか言ってなかった？」

TKOは首を大きく横に振った。

「でも俺見たんです。きっとあいつが犯人だ」

「あいつって？」

「女です。さっき来た時に、階段で上から降りてきた女とぶつかった。謝ろうとしたんだけど、逃げるようにして消えちまったんです」

どんな女？　さらに訊《き》こうとした時、慌ただしい足音が近づいてきた。


電話のベルで叩き起こされた。出ると塩谷さんだった。

「テレビつけろ」

有無を言わせぬ口調だ。這《は》うようにしてベッドを降り、テレビのリモコンを捜す。あのあと警察に行って話をして、家に帰ったのは朝の十時すぎだ。

スイッチを入れると、昼のワイドショーをやっていた。まどかのマンションの前で、厚化粧のレポーターの女が早口で話している。『カリスマ美人編集者、謎《なぞ》の絞殺！』。画面の隅には、刺激的な文字が躍っていた。ぼんやり眺めていると塩谷さんが言った。

「こっちも大騒ぎだぜ」

背後から鳴りっぱなしの電話のベルや、ざわざわとした気配が伝わってくる。腐っても会社員。寝ないで出社したらしい。別のチャンネルでは、見慣れたビルの前で黒いスーツを着た憂夜さんがマイクに囲まれていた。

「当分店は休みね」

「ああ。だが、あいつらから話を聞いておいた方がいいな」

あいつらとは、もちろんホストたちのことだ。

店に責任はないが、第一発見者がホストとなればマスコミは一斉に騒ぎ立てるだろう。TKOはまだ警察に残され、現場検証に立ち会わされている。

捜査はTKOの証言をもとに、ストーカー犯人と階段でぶつかった女捜しを中心に行われるらしい。

電話を切り、分厚い遮光カーテンを開けた。阿佐ヶ谷駅《あさがやえき》徒歩十分、築三十年の1DK。学生時代からの住みかだ。日当たりのよさが売りらしいが、夜型の生活を送る人間にはそこが辛《つら》い。

それから数日かけ、ホストたちから話を聞いた。

結論から言えば、TKOにとってまどかは業界用語でいう〝色恋の客〟だった。「好きだ。愛してる。つき合ってくれ」と言って口説き、金を使わせていたのだ。最も簡単で手っ取り早い接客術だが、その気になった相手にしつこくつきまとわれるというリスクが伴う。

まどかも同伴、アフター、貢ぎ物というパターンを辿《たど》り、最近では結婚などというぶっそうな言葉まで口にしていたらしい。あの夜も「どうしても会いたい」というメールが何本も入り、仕方なく部屋を訪ねたところ変わり果てた姿で転がっていた。

おまけにTKOは他の客に対しても同様にふるまっていたため、渋谷界隈《かいわい》には〝自称・TKOの彼女〟がごろごろしている、という事態を招いていた。

「度々言って聞かせていたんですが」。憂夜さんは、そう言ってひどく申し訳ながっていた。体で仕事を取ってるうちは、三流ということだ。


事件から二週間も経つと、マスコミも騒がなくなった。もうまどかのことなど、誰も覚えていないようだった。

営業再開の夜、豆柴《まめしば》が店に現れた。

「よお。久しぶりだな」

憂夜さんの顔を見るなり、親しげにそう言った。

「ご無沙汰《ぶさた》してます」

憂夜さんも低い声で応え、頭を下げた。予想はしていたが、この人はいろいろなところに知り合いがいるらしい。

「あんたらがオーナーか」

豆柴は、私と塩谷さんをじろじろと見た。

表向き、indigo の経営者は憂夜さんということになっている。本当のオーナーを知っているのは店のスタッフの他、わずかな人間だけだ。

「小野武雄《おのたけお》を呼んでこい」

豆柴が言った。ＴＫＯの本名だ。

「生活安全課の刑事がなんの用ですか？　殺人事件の担当は、刑事課ですよね」

受け取った名刺を手に私は言った。肩書きは、「警視庁渋谷警察署生活安全課課長」となっている。

「やけに詳しいじゃねえか」

豆柴が鋭い目で私を見上げた。髪はほとんど抜け落ちてるのに、脂っぽい頭。サイズの合わない背広はフケだらけだ。

本名・柴田克一《しばたかついち》、チビだからあだ名は〝豆柴〟。誰が考えたか知らないが、秀逸なネーミングだ。

「むかし仕事で調べたんです」

少しひるんで言い返すと、

「風俗営業に関《かか》わる事件は、全部うちの管轄《かんかつ》でもあるんだよ」

オーナールームを胡散臭《うさんくさ》そうに眺め回した。

豆柴は、このあたりの風俗業関係者の間では有名人だ。彼の手によって、何軒の店が営業停止に追い込まれたかわからない。彼が夜の道玄坂を歩くと、十二時前でもヘルスやキャバクラが一斉にシャッターを下ろすという噂もある。

職務に燃えるというよりは、この手の店に個人的な恨みがあるんじゃないかと思う。粗末なムスコをソープ嬢に笑われたとか。

すぐに、憂夜さんに連れられたＴＫＯが入ってきた。

「古川まどかが、お前にストーカーの話をしたのはいつだ？」

ソファに向かい合って座ると、豆柴は訊《たず》ねた。

「それならもう何度も話しましたよ」

うんざり顔でＴＫＯが返す。すっかりやつれ、ナンバーワンホストは今や見る影もない。

「俺は初めてなんだよ」

当然のように切り返し、胸ポケットからシワくちゃになった煙草の箱を出した。

「ここ禁煙なんですけど」

注意した私を横目で睨《にら》み、箱を戻す。

「ひと月くらい前です。バカ騒ぎしたかと思ったら急におどおどしたりして、様子がおかしくなった。なんでもないって言ってたけど、しつこく訊いたらストーカーに狙われてるって答えたんです。会社や家に、脅迫状みたいな手紙がたくさん届くって」

「しかし、お前がその手紙を見たことは一度もない」

「見せてくれなかったんです。だからネタだと思ったんだ」

「ネタはお前の方だったりしてな」

「ちょっと待ってよ。ストーカーは、ＴＫＯの作り話だって言うんですか？　なんでそんなことしなきゃならないんですか」

私の抗議を無視して、豆柴は続けた。

「お前、タレント事務所にスカウトされたんだって？」

ぎょっとして、ＴＫＯが私たちを見た。そんな話は聞いていない。

「なのにまどかにしつこくつきまとわれて、ずいぶん困ってたそうじゃねえか」

「そ、それどういう意味だよ。まさか俺のこと疑ってるんじゃないだろうな」

「さあな」

「冗談じゃねえよ。第一俺が階段で見た女はどうなるんだよ」

ああそれな、豆柴はそう言ってわざとらしく頷いた。

「不思議なことに、いくら聞き込みしても、目撃者がお前以外には見つからないんだよなあ」

ＴＫＯが立ち上がった。

「ふざけんなよ！」

続けてなにかわめこうとして喉を詰まらせ、激しく咳《せ》き込んだ。みるみる顔が赤くなり、皮膚の薄い額に血管が浮き上がる。豆柴は丸まった背中を優しくさすり、

「まあそうカッカすんなって。誰もお前が殺ったとは言ってねえだろ」

と囁きかけた。いやなやつ。

豆柴がＴＫＯを解放すると、入れ替わりに憂夜さんがソファに座った。

「で、どういうことなんですか？」

「なにが？」

「ああいう言い方をするからには、根拠があるんでしょう」

「バカ言え。そんなことぺらぺらしゃべれるか」

「残念だな。せっかく捜査に協力させていただこうと思ったのに。もしかしたら、意外

なことでお役に立てるかもしれませんよ」

「………」

「私とあなたの仲じゃないですか」

　いつものように優雅に微笑んでいたが、目が変な風に光っている。

「塩谷さん。この人どこから連れてきたの？」視線で訴えたが、あっさり無視された。

するとと、豆柴がため息をついた。

「わかったよ。その代わり、なにかわかったら必ず話せよ。下手《へた》にかばい立てしたら、お前ら全員留置場にぶち込んでやるからな」

　こちらをじろりと睨み、話しだした。

「古川まどかがストーキングされてたことを知ってるのは、小野武雄だけなんだよ。おかしいと思わねえか？　警察はもちろん家族にも相談してない。すれば、殺されずにすんだかもしれねえのに」

「確かにそうですね」

「おまけに証拠も見つからない。例の『天注』以外は、会社やマンションをいくら捜しても、脅迫状なんか一通も出てこなかったぞ」

「どこかに隠してるとか？」

　私が言った。

「なんのために？」

「う〜ん」

「つまりTKOがストーカーを装ってまどかを殺し、階段の女をでっち上げたということですね」

憂夜さんがクールにまとめ、豆柴は訂正した。

「決まった訳じゃねえよ。そう考えると、話がわかりやすいってことだ」

そしてもう一度「本当にぶち込むからな」と、ドスを利かせて帰っていった。

改めてTKOから話を聞こうということになり、捜すとバックヤードのトイレにいた。さっきからずっと吐いているらしい。要領はいいが、ストレスには弱い。これも〃今時の若者〃か。

「いい加減にしなさいよ」

いらいらして、私はドアを叩いた。TKOが心配なのではない。トイレに行きたかったからだ。

病気の本を書いていると、必ずその部分の具合が悪くなる。痔《じ》の本の時は尻がむずむずしたし、肝炎の時は白目が黄色っぽくなった気がした。今回も肥大する前立腺はないはずなのに、やたらとトイレが近い。尿の切れまで悪くなった気がする。

「どうしたんですか？」

後ろにテツが立っていた。坊主頭にニットキャップをかぶり、君はとび職か？　と思うほど太いジーンズを腰の下まで落としてはいている。

私が口を開こうとすると、ドアの奥でＴＫＯが激しく咳き込んだ。全てを察したらしく、軽くノックをして告げた。

「ＴＫＯさん、テツです。入ってもいいですか？」

すぐにがちゃがちゃともがく音がして、解錠された。ＴＫＯは便器を抱え、床にぐったりと座り込んでいた。テツは隣にかがみ込んで、こちらを振り返った。

「すみません。水を持ってきてもらえますか」

言葉は丁寧だが、有無を言わせぬ強さがあった。私は仕方なくカウンターバーに向かった。

テツは入店半年足らずの新人だが、ナンバーワンホスト・ＴＫＯのヘルプをつとめている。驚くほど真面目で一本気な性格で「なんでホストなんかやってんの？」と思うが、自分からこの店で働きたいとやってきた。ＴＫＯも彼のそういうところを気に入っているらしいが、便利に使ってるだけと言えなくもない。ファッションも indigo には珍しいＢボーイ系で、日サロで真っ黒に焼いた肌に似合わない無精ヒゲを生やし、常にだぶだぶの服に小さな体を泳がせている。まだ幼さの残るかわいい顔はニキビだらけで、気になるのかいつもいじくり回している。接客はまだまだだが、指がべらぼうに美しいので人気が上がりつつある。

「髪に寝ぐせがついてても、ヒゲを剃《そ》り忘れてもいい。指だけは綺麗《きれい》にしとけ」。憂夜さんのお言葉らしいが、さすがにツボをついている。

戻ってきて覗き込むと、ＴＫＯはテツに背中をさすられていた。

「大丈夫？」

問いかけてエビアンのペットボトルを差し出す。ＴＫＯがよろよろと青白い顔を上げた。

「俺、絶対殺ってないですよ。確かにまどかはウザかったけど、殺すなんて考えたこともなかった。女もホントに見たんです。ウソじゃない」

「だといいけどね」

「信じてくださいよ。スカウトの件だって、近いうちにちゃんと話すつもりだったんです。なあ？」

甘えるようにテツの腕をつかんだ。

「知ってたの？」

私の質問に、テツは決まり悪そうに頷いて鼻の上のニキビを掻《か》いた。

「スカウトしたのは俺の指名客なんです。でもＴＫＯさんに口止めされてて」

「あっそう」

冷たく返すと、ＴＫＯは「もう訳わかんねえよ」とうめき、肩を震わせて泣き始めた。私はうんざりしてため息をつき、形のいい後頭部を思いきりひっぱたいた。

「ハンパやってんじゃないよ！」

二人ともぎょっとして顔を上げた。

「殺しもウソも覚えはないんでしょ？　だったら自分でカタをつけなさいよ」

まくし立てる私を、瞬《まばた》きもせずに見つめている。

かばう気はさらさらないが、私もＴＫＯがまどかを殺したとは思えなかった。確かにＴＫＯは胡散臭い。店での評価は、ナンバーワンからワーストワンに一気に転落した。「天注」も、いかにも彼がやらかしそうなミスだ。でも、そこが怪しい。できすぎだ。そもそも、なんでも誰かがなんとかしてくれると思っているＴＫＯに、偽装殺人など計画する脳みそはないだろう。


翌日。閉店後に男の子たちを集めた。場所はなぎさママのダイニングバー。ＴＫＯはもちろん、テツ、ジョン太、その他に主要ホスト十名ほどが顔を揃えた。

私は事件のいきさつと、ＴＫＯにかかっている容疑を簡単に説明した。

「殺人犯を出せば営業できなくなるわ。言いたいことはあると思うけど、店のために力を貸してもらえない？」

返事はなかった。みんなだらしなくカウンターやソファに腰かけ、目配せし合っている。カウンターの中から、なぎさママがみんなにビールとつまみを差し入れしてくれた。

ふいに一人が立ち上がった。アレックスだ。古株のホストで日米ハーフ。総合格闘技の選手として、リングにも上がっている。男の子たちの間でも、一目置かれる存在だ。

隅の方で小さくなっているＴＫＯの前に立ち、見下ろした。身長は二メートル、体重は百キロ近くある。

「お前。本当に殺ってないんだな？」

私のふくらはぎほどもある腕を組み、太い声で言った。ＴＫＯは無言で、それでもまっすぐにアレックスを見て頷いた。

「よし」。アレックスがつぶやいた。振り返り、一人一人確認するようにホストたちの顔を見回す。最後に私に向かって言った。

「なんでも言ってください。俺ら動きますから」

すぐに作戦会議に移った。

「ささいなことでもいいから、なにか思い出せない？」

私の問いかけに、ＴＫＯは首を横に振った。

「まどかはなにを訊いても知らない、言いたくないの一点張りでした。ストーカーの犯人にも心当たりはないって言ってました」

「なんでだろう。話せない訳でもあったのかな」

みんなが首を傾《かし》げる。

「階段の女がストーカーだとすると、まどかを狙ってた理由はなんだと思う?」

ピスタチオの殻を剝《む》きながら、ジョン太が言った。

「男を盗《と》られたとか。あいつなら可能性あるぜ」

アレックスの言葉に、今度はみんなで頷いた。故人に対してあんまりな言葉だとは思うが、事実なので仕方がない。

そこでまず最近のまどかの行動を調べ、恨みを抱くような人間がいないか探ることにした。もちろん階段の女捜しも同時進行だ。

特徴を聞くと、ＴＫＯは次のように答えた。

「二十から三十くらいで、小柄だったな。黒っぽい服着て、髪は茶髪のレイヤー。長さは肩ぐらいのセミロング」

そして、こうつけ加えた。

「ぶつかった時に思ったんだけど、すげえ貧乳だった」

「ヒンニュウ?」

「晶さんのことっすよ」

ジョン太が明るく答えた。怪訝《けげん》な顔をしている私に、アレックスが笑いをこらえながら説明してくれた。

「胸の小さい女のことです」

相手はガキ。そう自分に言い聞かせ、話を続けた。

「顔は？　芸能人で言うとだれ？」

「わかりません。サングラスをかけてました」

「でも、その女かなりヤバげですよね」

頬《ほお》のニキビを潰《つぶ》しながら、テツが言った。

「ヤバげ？」

「だって明け方の五時にサングラスかけて、一人で階段駆け下りてくるんですよ？　まともじゃないでしょ」

「なるほど」

私が感心すると、自慢げに小さな鼻の穴を膨らませた。今日はベースボールキャップを斜めにかぶり、ナイロンのハーフパンツをはいている。

「さすがあたしのテッちゃん」

ふいに、なぎさママがカウンターの中からテツの背中に抱きついた。テツは短い悲鳴をあげて手を振り払い、転げるようにスツールから降りた。その姿に、ホストたちが笑う。

「そういうのやめてくれって言ってるだろ。寿命が縮まる」

心底いやそうに、それでも親しみのこもった声でテツは言った。

「失礼ね。あたしは恐怖新聞かっての」

ママも口を尖《とが》らせながら、嬉しそうに言い返す。ホストたちがさらに沸き、テツも顔をほころばせた。両頬に大きなえくぼが浮かぶ。

テツがこの街で働くきっかけを作ったのは、なぎさママだ。一年ほど前。夜明けの新宿をふらついていた彼を、「天啓を受けて」ナンパしたそうだ。ところがテツはノンケ。なりゆきでダイニングバーのバイトとして雇われたものの、「貞操の危機を感じて」indigo に移ってきたらしい。しかしママはいまだ諦《あきら》めきれないらしく、「おかしいわねえ。絶対うちの組合の子だと思ったんだけど。今まで一度もはずれたことないのよ」とことあるごとにこぼしている。


その夜から、探偵ごっこが始まった。

ホストたちは、それぞれが持つネットワークを駆使して情報を集めた。その結果、古川まどかの華麗なるナイトライフが明らかになった。

もともと麻布・青山あたりのクラブの常連だったが、三ヶ月ほど前から急に遊び方が派手になった。貸し切りでパーティを開いたり、気に入った男の子たちを連れて飲み歩くことも度々だったらしい。さらに、表参道のアンティーク家具店で五十万円以上するテーブルをキャッシュで買ったのも目撃されている。

一方塩谷さんも動いてくれていた。社内を中心に編集者としてのまどかの仕事ぶり、人間関係などについて洗った。

予想はついていたが、まどかはよくあるコネ入社でやる気ゼロ。借りた写真をなくしたり、取材先の名前や電話番号を間違って載せたりの〃掟破《おきてやぶ》り〃も、日常茶飯事だったらしい。そのうえ思いつきで出した本が大ヒット。もともとゆるい頭のネジが、一気に吹き飛んでしまったようだ。

「自分で自分に潰される典型的なパターン」。塩谷さんはそうコメントした。

「でも、まどかはどこでそんな大金手に入れてたんだろう。本が売れたことと関係あるのかな」

私が言った。いくらベストセラー本を作ろうが、一会社員。もらえる給料はたかが知れている。

「池下若菜に印税からバックさせてたとか？」

テツが言った。今日の作戦会議の会場は、店のオーナールームだ。

「あ、それはないない」

答えたのはジョン太だ。私兼塩谷さんの机にふんぞり返って座り、革張りの椅子をくるくると回転させている。「一度やってみたかったんだよな〜」、さっきそう言っていた。

「若菜は印税にはビタ一文《いちもん》手をつけてません。遊ぶ金は全部雑誌やテレビのギャラで、口座も別。結構がっちりしてんすね」

「どうやって調べたの？」

驚いて訊くと、背中を丸めて声をひそめた。

「アレックスの連れの後輩が、若菜のメインバンクのATMシステムを作ってる会社でシステムエンジニアをやってるんすよ。頼み込んで、適当な口実作って照会してもらいました」

「やるじゃん」

思わず呟き、アレックスを見る。

「インター時代の連れなんです」

そうつけ加え、アレックスは太い首を突き出すようにして頭を下げた。インターナショナルスクール時代の友人ということらしい。

正直なところ、彼らがここまで動けるとは思っていなかった。排他的で他人に無関心だとばかり思っていたが、驚くほど熱心でフットワークも軽い。面識のない相手でも〝○○の連れ〟の一言で、臆《おく》することなくコミュニケーションを取ってしまう。

「みんな、どっかで楽しんでるんすよ」

ジョン太が言った。

「仲間うちでイベントとか作ってちょこちょこ盛り上がれるけど、マジに熱くなれることなんてそうないじゃないすか。感動はしたいんすよ。でも、カッコよくなきゃ。ベタはダサいでしょ？」

そう続け、ニカッと笑った。目がなくなり、代わりに大きなえくぼができる。クールに感動したいってことか。矛盾しているようだが、彼らなりの必死のポーズなのかもしれない。


しかし、わかったのはそこまでだった。金払いのいいまどかには、おこぼれに与《あずか》ろうというやつは大勢いても、殺してやりたいと思うほど恨んでいる人間はいなかった。さらに、階段の女捜しも手詰まりになっていた。該当《がいとう》する人間が多すぎるのだ。街を歩く若い女の三人に一人は、小柄で茶髪のセミロングだ。


突然、池下若菜がコンタクトを取ってきた。

ＴＫＯに電話をかけてきて、「まどかからストーカーについてなにか聞いてないか」としつこく訊ねたという。まどかがストーカー被害に遭っていたことは、今のところ警察と indigo の探偵メンバー、そして犯人しか知らないはずだ。早速ＴＫＯに若菜と会う約束を取りつけさせ、テツと三人で向かった。

若菜の仕事場は松濤《しょうとう》のマンションだった。こういう交通の便の悪い高級住宅街に仕事場を構えて許されるのも、ベストセラー作家の特権だろう。私なら編集者に総スカンだ。

若菜は警戒心丸出しの目で私を見た。「まどかの親戚《しんせき》で事件について調べてる」。打ち合わせ通りにTKOが紹介すると、しぶしぶながら招き入れてくれた。

広々とした2LDKで、天井も高い。ガラスブロックがあちこちに使われているのが、いかにも今風だ。リビングの打ち合わせ用らしいテーブルに四人で座った。

「ホントにストーカーのことなにも聞いてない？」

若菜はすがるような目でTKOを見た。今日はノースリーブのニットに、ピンクのパシュミナをはおっている。

「本当だよ。それより、なんで若菜ちゃんが知ってるの？」

「まどかが話してたから」

「なんて？」

急に不機嫌になり、若菜は顔を背けた。

「なんでもいいじゃん」

TKOはテーブルに両手をつき、頭を下げた。

「頼む。一緒に警察に行って、そのことを話してくれ」

「え〜っ、なんで？　絶対にいや！」

「どうして？」

「どうしても」

この女、なにか隠してる。そう確信した瞬間、電話が鳴った。若菜はびくりと肩を震わせ、テーブルに載ったコードレスホンの子機を見つめている。

「出ないの？」

リズミカルなベルの音を聞きながら、私は訊ねた。

「出るわよ」

気丈に言い返し、子機を取り上げた。

「もしもし？」

沈黙。

「だれ？　なんとか言いなさいよ」

沈黙。

「いい加減にしてよ！」

若菜は乱暴に電話を切った。顔から血の気が引いている。

「若菜ちゃんも、ストーキングされてるんじゃない？」

　私が考えていたのと同じことを、テツが言った。若菜が口を開こうとするのを制し、続けた。

「大丈夫。俺が守るよ」

　若菜の動きが止まった。テツはすかさず手を伸ばし、ネイルアートの施された指先に優しく重ねた。大きな手のひらはあくまでも薄く、長い指はほとんど節がない。

　若菜の目に、ぶわっと涙が浮かんだ。慌てて引き抜いたティッシュが、涙とどろどろになったマスカラを吸い取っていく。

「警察に言わないって約束する？」

　上目づかいで媚《こ》びるようにテツを見た。私は目でＴＫＯを黙らせ、テツに向かってすばやく頷いた。

「もちろん。だから話してくれる？」

　白い八重歯を覗かせ、テツは笑った。若菜は涙を拭《ぬぐ》い、こくりと頷いた。

　お見事。私はテーブルの下でガッツポーズを決めた。

「同じくらいの時期から、まどかと私に脅迫状が届き始めたの。まどかが殺されてからも続いて、最近は無言電話までかかってくるようになった。それに、ゆうべはこれがポストに」

　立ち上がると、仕事机の引き出しから本を一冊取り出した。『天使のごほうび』だ。

表紙はもちろん、どのページにも大きく荒々しい文字でいたずら書きがされている。「卑怯者《ひきょうもの》」「死ね」「今度はお前の番だ」……。後ろの見返しを開くと、カバーのそでに、白シャツ襟立て姿の若菜の写真がレイアウトされていた。「著者近影」というやつだ。しかしその顔は無惨にもカッターナイフで繰り返し切りつけられ、特に両目には大きな×印が刻まれていた。

「これどういう意味？」

写真の下には、「泥棒」とひときわ大きな文字で殴り書きされている。

また若菜が口をつぐんだ。

「ひょっとして、この本パクリなんじゃない？」

私の質問に、目を丸くする。

「どうしてわかるの？」

「あんたがルーズソックスはいてた頃から、この仕事やってんのよ」。そう言ってやりたかったが、適当にごまかした。

「まどかが編集部の大掃除で、この本の企画書が入ったファイルを拾ったの。たぶんライターの誰かが持ち込んだんだと思う。私はヤバいって言ったんだけど、古いものだし絶対大丈夫だって」

なるほど。いかにもな話だ。

単行本や雑誌記事の企画書は、フリーのライターにとって欠かせない営業ツールの一つだ。編集者は持ち込まれた企画書を読むことで、相手の企画力はもちろん文章力や構成力、持っている人脈などをチェックできる。しかし企画が採用されることはめったになく、ほとんどがボツだ。それでも他の仕事をもらうきっかけにはなるので、私たちは常にネタを探し続けている。

しかし、中にはボツになったはずの企画書が知らないうちに本になり、出版されているという事態も起こる。パクられたということだ。

「それじゃ誰にも話せないよな」

放心したようにＴＫＯが言い、若菜はまためそめそと泣きだした。テツは呆然《ぼうぜん》として黙り込んでいる。

確かにその通りだ。話せばパクリがばれてしまう。ばれたところで罪に問われることはまずないが、マスコミには猛烈に叩かれるだろう。持ち上げ方が大きければ大きいほど、引きずり下ろそうとする時のやり方も凄絶だ。まどかがストーカーよりそちらに脅威を感じたとしても、不思議ではない。脅迫状が見つからないのは、届くそばから処分していたからだろう。

「晶さん。マジで警察に言わない気じゃないでしょうね？」

マンションを出るなり、ＴＫＯが言った。

「仕方ないでしょ。約束したんだから」

「そんなぁ」

「いいじゃない。とりあえず君の容疑は晴れた訳だし。それに、いまいち腑《ふ》に落ちないことがあるのよね」

「なんですか?」テツが訊ねた。

「私も経験があるけど、パクられれば腹は立つのよ。いやがらせくらいは、したくなるかもしれない。でも、無言電話と殺人じゃ次元が違いすぎるわ」

「確かに」

「それにパクられる度に殺してたら、編集者なんかとっくに絶滅してるわよ」

「晶さんは、なんでライターの仕事を続けてるんですか?」

テツが言った。店のホストが誰でも一度はする質問だ。

店が成功した結果、私の銀行口座には毎月大金が振り込まれるようになった。前立腺肥大症の原稿など書かなくても、かなりゴージャスな暮らしができるだろう。でも、この仕事をやめるつもりはない。

「好きだから」

「文章を書くのが?」

「それもあるけど、もっとささやかなことかな。書き上げた原稿の束を机の上で揃える時の音とか、刷り上がってきたばかりの本を開く時の感触とか。そういう瞬間の一つ一つが好きだから、続けてるんだと思う。たぶん塩谷さんも同じよ」

「パーッと贅沢《ぜいたく》とか、したくならないんですか？」

私はユニクロのスキニージーンズに、無印良品のボーダーシャツという恰好《かっこう》だった。

「してるつもりなんだけど、本当に欲しいものを買って気に入った場所に住むと、なぜか全部安物なのよね。塩谷さんには『人間が安い証拠だ』ってバカにされるけど」

そう返し、私とＴＫＯは笑った。しかしテツはひどく真面目な顔で、

「スジ通ってますね」

とつぶやいて顎《あご》のニキビをなでた。


その夜から、企画書の作者捜しを始めた。

私は知り合いのライター、カメラマン、スタイリストなどに電話をかけまくり、ここ数年の間に《Carat》編集部に出入りしているライター、もしくは企画を売り込みにきそうな人物を当たった。同様に塩谷さんは、会社の内部から探ってくれた。

広いようで狭い業界なので、翌日の深夜にはリストができ上がった。女二十二名、男七名。私たちはオーナールームにこもり、絞り込みを始めた。ジョン太とテツが店を休

み、手伝いを志願してくれた。

最初に容疑者からはずしたのは、男七名だ。『天使のごほうび』の内容から考えて、企画者が男である可能性は低い。

次に、専門のジャンルを持っている人たちも対象外とした。

ライターの世界には、仕事を一つのジャンルに絞っている人もいる。ファッションやコスメ、料理やマネーなどさまざまで、名前が売れると○○ジャーナリストと名乗って本を出版したり、テレビに登場することもある。

さらに、年齢的に企画とは縁が薄そうな人もはずした。私たちは作者を二十代後半から三十代前半まで、と推測していた。

最終リストが完成したのは、店を閉める直前だった。疲れきった私たちに、憂夜さんがハーブティーを淹《い》れてくれた。

リストに残ったのは六名。専門が恋愛や生き方などメンタル系の人と、ノンジャンルでなんでも書きますという人たちだ。

朝になると私はもう一度仕事仲間に連絡して、六名の最近の仕事ぶりなど動向を探った。そして適当な理由を作り、直接本人に会いにいった。

しかし、結果は惨敗だった。六名のうち四名は企画の作者としてはぴったりだが、みんな第一線で仕事をしているプロだけあって、復讐《ふくしゅう》なんてケチなことを企てそうな人物はいなかった。残ったのは会えなかった二名、篠原聡子《しのはらさとこ》と西田香奈恵《にしだかなえ》だ。篠原聡子は結婚して福岡に行き、西田香奈恵は数年前に仕事をやめて行方不明だった。

そしてその間も、若菜へのいやがらせは続いていた。無言電話と脅迫状はもちろん、最近では後をつけられたり、マンションのポストにまでいたずら書きされるようになった。それでも「警察には言いたくない」と頑ななので、仕方なく店のホストを交代でボディガードにつけた。

また豆柴が来た。私の顔を見るなり満面の笑顔で、

「あんた、昔は相当やんちゃしてたらしいな」

と言った。

「あんたの地元の警察署の刑事が懐かしがってたよ。代わりに大出世して元気にやってるって、伝えておいてやったぞ」

そう続け、断りもせずに箱からティッシュを引き抜いて豪快に痰《たん》を吐いた。

私は黙って豆柴を睨みつけた。塩谷さんがわざとらしく咳払《せきばら》いをし、憂夜さんは驚いたような顔でこちらを見ている。

一九八〇年代の一時期。確かに私はつっぱり（ヤンキーなんてしゃれた言葉はなかった）と呼ばれるカテゴリーの人間だった。オキシフルで脱色した聖子《せいこ》カットで袴《はかま》のよう

な制服のスカートを引きずり、誰かれとなくガンを飛ばしながら埼玉南西部の田舎町《いなかまち》を闊歩《かっぽ》していた。族車《ゾクシャ》の後ろで旗を振り、よその家の壁にスプレーで「天上天下唯我独尊《てんじょうてんげゆいがどくそん》」なんてグラフィティアートを残した記憶もある。

でも、なにかにいら立ったり、社会にはむかってやろうなんて気はさらさらなかった。仲間うちで流行《はや》りのアイテムでおしゃれをし、人気のスポットで楽しく遊んでいたら、いつの間にかそういうことになっていた。典型的な田舎者、井の中のなんとかだ。

「ご用はそれだけでしょうか？」

「従業員名簿を見せろ」

「今度は誰を犯人にするつもりですか？」

嫌味たっぷりに返した私を、豆柴がむっとして睨む。

手詰まりになっているのは、警察も同じらしい。あれから何度かＴＫＯを呼び出し、まどかの周辺も調べているらしいが、逮捕に結びつくほどの証拠はつかめていない様子だ。

「持ち出すのはお断りしますよ」

そう前置きして、憂夜さんが名簿のファイルを渡した。

「なんだこりゃ」

ファイルをめくり始めてすぐ、豆柴は声をあげた。ホストたちの源氏名《げんじな》に呆《あき》れているらしい。

　ＴＫＯやジョン太などというのはまだいい方で、サム平《へい》だサド男《お》だ犬《いぬ》マンだと、やる気あるのか？　というネーミングセンスのオンパレードだ。ＤＪやラッパーの真似《まね》もあるが、時代は「笑わしたもの勝ち」ということらしい。

「なんでこいつだけ保険証なんだ」

　しばらくすると、また豆柴が言った。開いているのはテツのページだ。左に履歴書、右のページには健康保険証と住民票のコピーがファイルされている。

「運転免許もパスポートも取ってないと言うので」

　憂夜さんが答えた。

「今時そんなやつがいるのか？」

「車にも海外旅行にも興味がないそうです。気にはなりましたが、勤務態度も非常にいいし、今のところ特に問題はないと思います」

　風俗営業店の常識として、従業員を雇う際には必ず写真つきの身分証明書を提示させ、身元確認をする。持ち合わせがない場合は健康保険証か印鑑証明書で代用するが、その際には住民票の写しか数ヶ月以内の公共料金の領収書を添付させる。未成年者をチェックする意味もあるが、本当はホストの〝足抜け〟を防ぐためだ。ホストが店に借金をしたまま行方をくらますのは、珍しい話ではない。もちろんそういう場合にはその道のプロにお願いして、地球の果てまで追いかけていただく。

豆柴はふん、と鼻を鳴らしなにか考えるような顔をした。

テツの本名は〝柳《やな》井《い》哲《さとし》〟。山梨県出身の二十一歳で、高校卒業後上京して以後フリーターというごく平凡な経歴だ。ちなみに趣味は音楽鑑賞（ブラックミュージック）と映画鑑賞（好きな監督はスパイク・リーと北野《きたの》武《たけし》）だそうだ。履歴書の写真から、いつもの上目づかいに挑むような目がこちらを見つめている。

豆柴はその後もたっぷりと居座り、ホストたちの経歴や人間関係などについて憂夜さんにしつこく質問していった。


若菜のボディガードをすることになった。

パクリの件を言い当てて以来、なぜか私は彼女になつかれ、携帯にしょっちゅう電話がかかってくる。あげく、「マネージャーのふりをして、雑誌の取材に同行して欲しい」と言いだしたのだ。理由を訊くと、「indigo の男の子と二人だけだと、いろいろ誤解する人もいるでしょ？」と甘ったれた声で答えた。「世の中ナメんのも大概にしろよ」。そう怒鳴りつけて電話を叩き切ろうかとも思ったが、確かに危険だ。雑誌の取材には必ずライターが来る。その中にストーカーが紛れ込む可能性もなくはない。

結果、私は若菜の後ろについてあっちのカフェからこっちの撮影スタジオへと飛び回るはめになった。

「なんてカッコしてんすか」

ジョン太がすっとんきょうな声をあげた。店に戻ってきた私の恰好を見て驚いているのだ。胸元の大きく開いた派手な花柄のタイトワンピースに、エルメスのエールバッグ。一生無縁だと思っていたタイプのファッションだ。

「仕方ないでしょ。若菜が自分と釣り合いが取れないって騒ぐんだから」

そう言い返し、華奢《きゃしゃ》なミュールを蹴《け》り飛ばすようにして脱いだ。全部若菜からの借り物だ。

「いや、意外とイケてますよ。晶さん、これからはお姉系でいったらどうすか」

「誰がお姉だよ。こいつの歳《とし》でやったら、ただの若作りだって」

ジョン太が持ち上げ、塩谷さんは落とす。言いたい放題だ。塩谷さんは厨房《ちゅうぼう》からくすねてきたワインを飲んでいる。

「明日のボディガード当番はだれ？」

スケジュール帳を開き、私は訊いた。手を挙げたのはテツだ。

「どこで取材ですか？」

「青山で午後二時。おじさん向けの週刊誌で、若菜が母校のキャンパスで思い出を語るんだって」

ね」

「野崎《のざき》さんていう中年の男性編集者と、nishika《ニシカ》って女性カメラマン。まず心配ないわ
私のアイデアで取材に来るのがどんな人物か、事前にさり気なくチェックを入れるようにしている。

「nishika？　変な名前ですね。外国人ですか？」

「アーティストネームってやつでしょ。いかにも今時のカメラマンって感じじゃない」

「なるほど」

「くれぐれも注意してください。高原オーナーが巻き込まれる可能性もあるんですから」

憂夜さんが釘《くぎ》をさした。

しかし、今のところこれといって怪しい人物には出会っていない。もしかして、ストーカー犯人はライターではないのかも。私はそんな風に考え始めていた。

翌日待ち合わせの場所に現れた野崎さんは、熊《くま》のようなルックスでいかにも人がよさそうだった。一気に警戒心をゆるめた私に、nishika が名刺を差し出した。

「よろしくお願いします」

長い髪をヘアクリップでまとめた彼女は、そう言ってにっこり笑った。小さな顔に猫のような大きく切れ長の目、長くて細い首。バレリーナのようだ。

まずはロケハンをしようと、三人が大学の構内に向かった。私は校門の前で荷物番だ。

「晶さん」

声をかけられ、振り返った。国道２４６に停《と》めたスクーターから、ジョン太が手を振っていた。後ろにはＴＫＯを乗せている。

「なにやってんの？　テツは？」

驚いて近づいていくと、二人はスクーターから降りた。

「さっき電話があって、急に腹が痛くなったそうっす。俺らはピンチヒッター」

ヘルメットを脱ぎ、ジョン太がニカッと笑った。

「大丈夫かしら」

心配になり、携帯を開いてテツに電話をかけた。呼び出し音の後、すぐに留守番電話に切り替わった。何度かけても同じだ。店のホストの大半がそうであるように、テツも携帯だけで部屋に電話を引いていない。

「帰りに様子見にいこうかな。テツのアパートって祐天寺《ゆうてんじ》だったわよね？」

問いかけたが、二人は首を傾げている。

「行ったことないの？」

「店の仲間とプライベートでも友達づき合いするやつと、一切しないやつがいるんです。あいつは一切しないタイプ。家に行くどころか、二人でメシ食ったこともないですよ」

少しくやしそうに、ＴＫＯが答えた。

「ふうん」

いかにもな話だ。私だって、ＴＫＯと二人で食事するなんてごめんだ。えんえん女自慢と、ブランドものとワイドショーの話を聞かされるに決まっている。

「でも、いいんじゃないすか。硬派っていうか、自分の世界大事にしてるっていうか。それはそれでスジが通ってるし」ジョン太が言った。

「まあね」

「晶さんこそ、人の心配してる場合じゃないでしょ。ニコニコ元気ブックスは大丈夫なんすか？　原稿書いてます？」

あっけらかんと問われ、思わず頭を抱え込んだ。

「それは言わないで〜」

浅海さんからは毎日のように催促の電話がかかってくるが、留守電にして逃げ回っていた。

「俺が代わりに書ければいいんですけど。前立腺もあるし」

申し訳なさそうにＴＫＯが言った。こう見えて、実は気をつかうやつらしい。

「気にすんなって。これで結構楽しんでるのよ。コスプレもできるし」

私がポーズを取ると、二人は爆笑した。その日はヒョウ柄のカットソーにミニタイトのスカートという、ほとんどやけっぱちのコーディネートだった。

間もなく撮影が始まったが、私はすぐに違和感を覚えた。カメラマンの動きが妙にたどたどしいのだ。レフ板の光を当てられなかったり、ポーズの指示を上手く出せなかったりと、まるで素人だ。

「要領が悪くてすみません」

ヒゲ面の野崎さんは、そう言って何度も頭を下げた。

「新人さんですか？」

私は訊ねた。なんとか最初の1カットを終え、撮影場所は246にかかる大きな歩道橋の上に移っていた。若菜は歩道橋の真ん中で青山の街をバックに微笑んでいる。通行の邪魔になるので、私と野崎さんは校門前に残った。

野崎さんは汗を拭《ふ》き拭き答《と》えた。

「ええ。うちの表紙を撮っているカメラマンのアシスタントをしてた子で、最近独立してフリーになったそうです。グラビアページはまだ早いと思ったんですが、今回の企画は彼女が考えたものですから」

「彼女が？」

「若菜さんの大ファンらしいですよ。どうしても会いたい、自分が撮影したいってそりゃもう熱心で」

胸の中でなにかがざわめいた。

「彼女の本名をご存じですか？」

「いえ。nishika としか」

その時笑い声がした。振り向くと、ＴＫＯがジョン太のギャグに笑い転げている。

ひょっとして nishika も、ＴＫＯ＝武雄と同じような言葉遊びなのだろうか。

その瞬間、頭に塩谷さんと作ったリストが浮かんだ。数年前に仕事をやめ、行方不明になっているライターの名前は西田香奈恵、nishika だ！

荷物を放り出し、私は走りだした。ジョン太たちが驚いて振り返る。若菜は撮影を終え、階段を降りようとしていた。

「若菜！」

ぎょっとして足を止め、若菜はこちらを見た。その肩越しに香奈恵の顔が見えた。真っ白で表情のない、心霊写真の地縛霊のような顔だった。

私が階段を二段抜かしで駆け上がるのと、香奈恵が若菜の背中を押すのが同時だった。キャッチする自信はあった。悪いのはいまいましいミュールだ。私はバランスを崩し、若菜を抱きとめたまま仰向けで倒れた。運よく真後ろにジョン太がいて、さらに運のいいことにその後ろにはＴＫＯがいた。一番下で合計四名の下敷きになったのは、野崎さんだ。しかし後日聞いた話では、彼は腰をしたたかに打っただけで、他に大きなケガはなかったそうだ。


「次は探偵事務所でも始めるか」

大真面目に、塩谷さんが言った。

「勘弁してよ」

顔をしかめ、私は腰をさすった。店に戻って緊張が解けたとたん、体のあちこちが痛みだした。

若菜にケガはなかったが、西田香奈恵には逃げられた。さらに騒ぎで警官が駆けつけ、探偵ごっこをしていたことがばれてしまった。

私は警察に引っ張られ、刑事課の刑事と豆柴から、事情聴取と説教で夜までたっぷり搾《しぼ》られた。もちろん若菜も一緒だ。若菜はずっと泣き通しだった。これからもっと辛い思いをすることになるが、自業自得だ。それにそのぶん、間違いなく本の売り上げも伸びる。

テツがオーナールームに駆け込んできた。強《こわ》ばった青い顔をしている。まっすぐに私の前に来て、深々と頭を下げた。

「すみません！　俺が休んだりしたせいです。西田香奈恵を逃がした上に、晶さんにケガまでさせて」

「テツのせいじゃないわ。それにケガっていっても、この程度よ」

そう返し、私は自分の脚を指した。膝小僧《ひざこぞう》に大きな絆創膏《ばんそうこう》が一枚。さっき憂夜さんに貼《は》ってもらった。

「テツこそ大丈夫なの？　顔色悪いわよ。何度電話してもつかまらないし、みんなで心配してたんだから」

「すみません、電源切って爆睡してました。でも、おかげでよくなりました。もう大丈夫です」

そう言って、パーカの上から腹を叩いてみせた。

「それにしても、香奈恵はどこに逃げ込んだんでしょうね」

「警察が動きだしたから、遠くへは行けねえだろう。捕まるのも時間の問題だな」

塩谷さんが答えた。

やはりストーカーは西田香奈恵だった。彼女のアパートからは、まどかや若菜の記事が載った大量の雑誌や、書きかけの脅迫状が押収された。警察は香奈恵を若菜への暴行とまどか殺し、二つの容疑で追っている。

香奈恵は地味で目立たないタイプのライターだった。文章はそこそこ巧かったが、営業力がなかった。《Carat》をはじめあちこちの編集部に企画を持ち込んだが仕事がこず、二年ほどでライターをやめた。次に彼女がめざしたのはカメラマンだった。修業をしてようやく一本立ちして間もなく、かつての自分の企画に『天使のごほうび』などというタイトルがつけられ、見たこともない女たちが作者としてちやほやされていることを知ったのだ。

香奈恵は親しい人間にはパクられたことを話し、マスコミに訴えることも考えていたそうだ。しかし唯一の証拠である企画書の原本はすでに処分してしまい、手元にはなかった。

「でも、首を突っ込むのはここまでですよ。後は警察の仕事です」

憂夜さんが重々しく言い渡した。

「よくわかりました。豆柴にもさんざん搾られたもの。『男勝りは名前だけにしとけ』、だって」

塩谷さんがひひひ、と笑った。

「人のこと笑える名前なの？」

言い返すと、むっとしたように黙り込んだ。塩谷さんの名前は〝馨《かおる》〟という。アキラとカオル。いろいろな意味で名コンビだ。

「晶っていい名前ですよ」

テツが言った。

「そう？　男みたいじゃない。もっとかわいい名前がよかったな」

「例えば？」

「桃子《ももこ》とか。モモちゃん、なんて呼ばれたりしてさ」

「上手くいかないっすね」

テツがぽつりとつぶやき、塩谷さんはまたいやらしい声を立てて笑った。


そして翌朝。香奈恵は見つかった。

横浜のビジネスホテルの一室に隠れていたのだ。しかし警察は、彼女を逮捕できなかった。なぜなら香奈恵は死んでいたから。エアコンの通風口に浴衣《ゆかた》の紐《ひも》を通し、首をつっていた。

テーブルの上には、ホテルの便箋《びんせん》に書かれた遺書が残されていた。まどかは自分が殺した、若菜も殺すつもりでいた、もう逃げられないので死ぬ、そんな内容だった。


その夜。indigo は開店以来のどんちゃん騒ぎとなった。私の手柄と、ＴＫＯの容疑が晴れたお祝いだ。しかし参加する気になれず、一人でオーナールームにこもっていた。

ドアが開き、ジョン太とアレックスが入ってきた。二人ともすっかりでき上がり、赤い顔をしている。

「晶さん。下に来てくださいよ。主役の一人なんですから」

アレックスは大声でわめき、私の肩をばしばしと叩いた。

「人が二人も死んでるのよ。よく喜べるわね」

痛みをこらえ、返した。ジョン太がろれつの回らない舌で騒ぐ。

「なに言ってんすか。まどかはともかく、香奈恵は自業自得っすよ」

「香奈恵が犯人だって決まった訳じゃないわ」

私の言葉に、二人は非難の声をあげた。

「香奈恵は、若菜を脅かしたかっただけなんじゃないかしら。本気で殺す気があるなら、階段から突き落としたりしないわ。ナイフでも使って、心臓をひと突きにするんじゃない？　その隙《すき》はいくらでもあったはずよ」

「だって、殺すつもりだったってはっきり遺書に書いてるじゃないすか。それがなによりの証拠っすよ」

ジョン太が口を尖らせた。

「まどか殺しだっておかしいわ。やめたとはいえ、香奈恵はプロのライターだったのよ。犯行声明文に『天注』なんて、とんまな誤字を残すとは思えない」

「じゃあ誰が犯人なんですか？」

アレックスが訊いた。

「階段の女」

「だからそれが香奈恵なんでしょ？　やつのルックスは、ＴＫＯが言った条件にぴったりですよ」

「証拠はないわ。それに、まどかのお金の出どころがまだわかってないじゃない。絶対事件と関係してるはずよ」

「その件なんですが」

ぎょっとして振り返ると、憂夜さんが立っていた。

「知人から聞いた話では、古川まどかは空也《くうや》の指名客だったようです」

「空也って？」

「歌舞伎町のホストです。向こうではナンバーワンの」

タフな女。私はつくづくそう思った。

「まどかは、自分には金づるがいると話していたそうです。もちろん名前は言いませんが、ヒントになりそうなことを空也が聞いています」

「ヒント？」

食い入るように答えを待ったが、憂夜さんは口ごもり、なかなか言おうとしなかった。彼にしては珍しいことだ。

「教える条件として、高原オーナーが一人で店に来いと言っています」

開店前の店で空也と会うことになった。とはいっても午後十一時すぎだ。

indigo と歌舞伎町・六本木の〝王道系〟ホストクラブとの違いの一つに、営業時間がある。indigo のように午後七時開店などという店はごく一部で、午前一時が基本だ。これは客の大半が同業者、つまり風俗店で働く女の子だからだ。彼女たちの終業時間に合わせて店を開けるという訳だ。

地下道から上がるとセントラルロードをコマ劇場方面に進んだ。この街の中で一番汚く臭く、騒々しい通りだ。広い道路の両脇にゲーセンやパチンコ店、飲食店が並び、その間でキャバクラやテレクラ、アダルトショップが刺激的な看板を光らせている。

終電が近いのでテンションが上がったままの学生や、スーツのよれたサラリーマンと大勢すれ違った。彼らをなんとか引き戻そうと、ミニスカのキャバクラ嬢がハートのない笑顔で割引券を配っている。その隣には、二人一組で女の子のグループに声をかけるホストの姿もあった。いわゆる〝キャッチ〟だ。

高校時代はよくこの街で遊んだ。黄色い私鉄電車の中で化粧をすませ、東亜会館内のディスコ〈GBラビッツ〉でガサ入れに怯《おび》えながら踊りまくった。

空也が働く店〈エルドラド〉はホストクラブの聖地、歌舞伎町二丁目にあった。

地下への階段を降りきると同時に、店のドアが開いた。

「いらっしゃいませ。お待ちしてました」

金髪シャギーの若い男が微笑みかけてきた。

想像はしていたが、店内に入って驚いた。金、金、ガラス、ブロンズ像、また金……そんな感じだ。大理石の通路に、ホストたちがずらりと並んで立っていた。ダークスーツに茶髪のロンゲ（なぜか根元は黒い）、細い眉。さすが業界最大手、六店舗ホスト三百名を抱える老舗《しにせ》だ。

「いらっしゃいませ」

一斉に頭を下げた。まさしく体育会系。ならば indigo は、ゆるゆるお気楽の文化系同好会だ。

一番奥のテーブルに通された。おそらくＶＩＰ席なのだろう。真上には宇宙空母のようなシャンデリアがあったが、天井が低いので見ていると目がちかちかしてくる。角度の浅いソファは、パープルのベルベット地にペイズリー柄だ。

「ようこそおいでくださいました。空也です」

淡いグレイのダブルスーツを着た男が名刺を差し出し、頭を下げた。

歳は二十四、五。目は整形臭いが確かに美形だ。細長くてまっすぐに通った鼻筋が、体がぺらぺらの西洋犬を彷彿《ほうふつ》させた。

空也は私の向かい、黒革の丸ソファに座った。すかさずテーブルに、お約束のヘネシーのボトルが並ぶ。

「この度はご協力ありがとうございます。つまらないものですが、みなさんでどうぞ」

私は先制攻撃のつもりで頭を下げ、菓子折を突き出した。

ホストクラブとしては新参者かつ邪道である indigo は、〝王道〟関係者の皆様にはウケがよくない。できるだけ失礼のないように気をつかってきたつもりだが、しょせんは商売。覚悟の上だ。

「憂夜さんには、昔とてもお世話になったんですよ」

空也が言った。どこでどうお世話になったのか。今度こそ憂夜さんの謎に迫る絶好のチャンスだったが、間が悪すぎる。

「古川まどかのことなんですけど」

「そう焦らないで。少しお話ししましょうよ」

背は高いくせに、上目づかいでこちらを見た。オーラが出まくりなのはさすがだ。色気はあるが、人に媚びてる感じはしない。きっと努力しているんだろう。

「お噂はあちこちから伺っていましたが、こんなにかわいい人だとは思わなかったなあ。いろいろとご活躍みたいですね。二号店の計画もお持ちだとか」

なぜ知っているのか驚いたが、平然を装い、ヘネシーをなめた。

「でも、あんまり調子に乗らない方がいいな。女に仕切れるほど甘い世界じゃない。足元をすくわれますよ」

穏やかな声だが、目は笑っていない。私はヘネシーを飲み干すと言った。

「こっちのナンバーワンだって聞いてたから期待してきたけど、大したことないのね」

空也の笑顔が凍りついた。

「あんた、女を喜ばすのは上手いんだろうけど、脅すのは下手だね。そんなベタな台詞《せりふ》じゃ、ビビリもしないよ。夜中にゴキブリ見つけた時の方が百倍怖い」

そう告げて、目を真正面から見据える。喧嘩上等《けんかじょうとう》。

ふいに、空也が噴き出した。

「なによ」

「あんた、面白いな」

「なにが」

「憂夜さんが言ってた通りだよ。そっちこそ、ベタもいいとこ」

空也は顎を上げ、いかにも楽しげに笑った。

「悪かったわね」

本当はかなりビビっていたので、それだけ言い返すのが精一杯だった。

憂夜さん。私のことを一体なんて話したの？　ますます謎と興味が深まった。

「古川まどかは、三ヶ月くらい前からうちの常連になった。ＯＬだって言ってたけど、えらく羽振りがいいんで驚いたよ」

煙草をくわえながら話し始めた。すかさず横から、他のホストが火を点《つ》ける。

「殺される二週間くらい前に来た時、べろべろに酔ったんだ。そしたら自分で、『私は金づるを握ってる』って話した。どんなやつって訊いたら」

「訊いたら？」

ふいに空也が身を乗り出し、私の耳に顔を寄せた。それがあまりに自然だったので、体が動かなかった。憂夜さんと同じ香水の香りで、息が詰まりそうになる。

空也は温かい吐息で私の顔をなで上げるようにして、囁いた。

「『彼女はトランス系なの』。そう言ったよ」


通りに出るとジョン太とアレックス、ついでに塩谷さんが立っていた。心配して迎えにきてくれたらしい。私は親指を立て、笑顔で三人に近づいていった。

空也はドアまで送ってくれた。代金は取られなかったが、なぜか私の名前でボトルが入っていた。

靖国通《やすくにどお》りに向かって歩きながら、みんなに空也から聞いた話をした。

「まどかの交遊関係に、トランス系のＤＪかミュージシャンはいる？」

私は訊いた。トランスとはテクノのダンスミュージックの一つで、クラブでも人気が高い。

「いたと思いますけど、みんな男っすよ」

ジョン太が答えた。

「ドラッグ絡みってことはねえか？　恍惚《こうこつ》とか催眠状態とかの意味もあるだろ」

塩谷さんの質問には、アレックスが首を横に振った。

「それはないですね。一応そっち方面にも当たってみましたけど、まどかとヤクは無関係です」

そして沈黙。みんなが必死に考えていた。すると突然私の携帯が鳴った。着メロは近藤真彦の『ハイティーン・ブギ』。一気に場の緊張がほぐれた。

「もしもし」

「俺だ、柴田だ。よく聞けよ」

早口で一気に言い、豆柴はこう続けた。

「西田香奈恵は自殺じゃない。検死で、首を絞められた後でつるされたとわかったんだ。それにやつは古川まどかも殺していない。事件当日は、通販カタログの撮影でスタジオに徹夜で缶詰になってたんだ。証人も大勢いる」

「じゃあ」

「黙って聞け！　犯人はやっぱりＴＫＯが階段で見た女だ。そっくりな女が、ゆうべ香奈恵が殺されたホテルでも目撃されてる。それから、これはいま裏を取ってるところなんだが」

　ふいに声のトーンが落ちた。

「この間ホストの名簿を見た時、柳井哲の保険証が引っかかったんで調べてみたんだ。確かに柳井哲って男は実在してる。生年月日や住所にも間違いはない。だが、テッとは似ても似つかない別人だった」

「どういうこと？」

「あの保険証は盗品だよ。恐らくテツが自分でかっぱらい、載ってた住所で住民票も取ったんだろう。今回の事件とどう関わってるかはわからないが、あいつは柳井哲じゃない。全くの別人なんだ。いいか、絶対目を離すなよ」

　言いたいことだけ言って電話は切れた。話の内容を理解する前に、後ろから声をかけられた。

「お揃いでなにやってんのよ」

　忘れたくても忘れられない、なぎさママの声だ。振り向くと同時に、凄《すさ》まじい香水の香りが鼻を突いた。大胆にスリットの入ったモーブピンクのロングドレスに、十二センチはあろうかというピンヒール、長い髪は毛先を巻いている。

「ママこそなにやってんですか」

塩谷さんが言った。

「知り合いがこの先で店を始めたの。お祝いに駆けつけたってわけ」

「今日はまた一段とお綺麗で」

ホストとは思えないわざとらしさで、ジョン太が言った。しかしママは余裕たっぷりに、

「ありがと」

と返し、妖艶《ようえん》に微笑んだ。そして私の肩を引き寄せて囁いた。

「晶ちゃんのおかげ。ゼラチン効果ばっちりよ」

見ると確かに吹き出物の数はぐっと減り、心なしか肌艶もよくなっている。

「今度お礼になんかおごるわ」

ママはウインクした。

「でも注射は続けて打っちゃだめよ」。そう言いかけて、私の頭の中に一つの風景が浮かんだ。club indigo だ。

今この瞬間にもフロアには最高の音楽が流れ、落とした照明の中でキャンドルの明かりが揺れているはずだ。VIPルームでは、だぶだぶのベースボールシャツを着たテツがTKOと肩を組み、おどけて客を笑わせている。そして、伸びてきた指先が額のニキ

ビを引っ掻く。節の少ない、繊細で美しい指だ。大きなフラッシュが起き、目の前が真っ白になった。街の雑踏も、みんなの声も聞こえない。やがて、三つのカードが並ぶ。階段の女、〝トランス〟の意味、テツではない誰か。

閉店後、テツをフロアに呼び出した。私は一番気に入っているソファに座り、彼を待った。

テツが螺旋階段を降りてきた。暗い天井にワークブーツの靴音と、腰に下げたチェーンの揺れる音が響く。隣に座るのを待って、私は口を開いた。

「やっと一つにつながったわ」

「なんの話ですか？」

テツが訊ねた。黒いニットキャップを目の上ぎりぎりまで下げ、かぶっている。

「明け方の五時に階段を駆け下りてくるヤバめの女。あなたは、自分のことをそう言ったのね」

「晶さん、大丈夫ですか？　言ってることがむちゃくちゃですよ。やっぱり、どこか打ったんじゃないですか」

「あなたは女よ。本名は知らないけど、柳井哲じゃない」

すっとテツの笑顔が消えた。

「トランスジェンダー。もしくは性同一性障害。身体的な性別と、自覚する性別が一致しない人たちのこと。女装や男装をすれば満足できる人もいるけど、中には性転換手術を受けなければ自分を保つことができない人もいる。あなたもその一人。女の肉体を持って生まれてきた男なのね」

返事はなかった。長い沈黙。私は、キャンドルの明かりが揺れるのを見つめていた。

「すげえな」俯いたまま、静かな声でテツは言った。

「やっぱり晶さんはすげえや。どうして俺のことわかったんですか？」

「ニキビ。あなたもなぎさママみたいに、ホルモン注射を打ってるんでしょ？　もっとも、あなたの場合は男性ホルモンだけど。あとはその服。胸を隠すためよね？　注射でヒゲも生えるし声も変えられるけど、胸だけは手術しない限り完全にはなくならない。むかし仕事で調べたことがあるの」

「ニコニコ元気ブックスですか？」

テツはいたずらっぽく言ったが、私は無視して質問を続けた。

「保険証はどうやって手に入れたの？」

「簡単ですよ。病院行って待合室で若い男を捜して、帰り道でカバンごと引ったくるんです。病院に行くやつは、たいてい保険証持ってますからね。それに具合が悪くてぼ～

っとしてるから抵抗なんてしないし、こっちの顔もろくに覚えちゃいない」

「もし盗難届を出されても、病院で使わない限り足はつかない。警察も、まさかホストクラブの身元確認に使うために保険証を盗むとは思わないものね。それに、みんなとプライベートなつき合いをしなければ、住民票の住所に住んでいないこともばれない。本当はどこに住んでるの？」

無意識に皮肉めいた口調になっていた。しかしテツは落ち着いた声で、

「今度招待しますよ。晶さんだけ特別に」

と答え微笑んだ。

「でも、必死に隠してた秘密をよりによってまどかに知られ、ゆすられることになった。一体どうして？」

「ＴＫＯさんのせいですよ。まどかの部屋に行く約束をしてたのに、俺に押しつけて他の女とアフターに行った。仕方なく相手してたら酔わされて、慰めてとかほざいていきなり押し倒されたんです。あの時のあいつのツラ、晶さんに見せたかったですよ。そりゃそうだよな。パンツに手を突っ込んだのに、チンポの影も形もないんだから」

自虐的に笑い転げた。しかし、キャップで目は見えない。

「それが三ヶ月くらい前です。その後はもう地獄。ばらされたくなきゃ金よこせって、必死に貯めた手術費用全部とられました。そのうえ最近じゃ、注射を打つ金まで持って

いかれるようになった。しかもその金はＴＫＯさんに貢がれて、目の前でクソみたいなブランド品に化けちまうんですよ。しゃれになんねえよ」

「だから罪を着せることにしたのね」

　私の言葉に、こくりと頷く。

「まどかは俺にもストーカーに狙われてることを漏らしてたんです。でも、俺もＴＫＯさんと同じようにネタだと思い込んでた。だから、ばればれの偽装殺人をやってやろうと考えたんです。ちょうどその頃、スカウトの話も聞いてたしね」

「あの晩まどかを殺した後、彼女の携帯でＴＫＯにメールを送り、部屋に来るようにしむけた。そして待ち伏せして、わざとぶつかったんだわ。女を見たと証言させて、彼を追い込むためにね。『天注』もあなたが考えたんでしょ？」

「いいとこ突いてたでしょう？」

　テツは誇らしげに小鼻を膨らませた。私は黙って頷いてやった。

　突きすぎだ。だから墓穴を掘ったのだ。

「俺、あの時初めて自分から女装したんですよ。化粧して、スカートはいて、ヅラまでかぶって。ガキの頃から脅されようが殴られようが、絶対女のカッコなんかしなかったのに。皮肉なもんですよね」

「ところが、ストーカーは本当にいた」

「めちゃめちゃ焦りましたよ。絶対晶さんより先に見つけてやろうって思った」

そう言うと笑った。頰に小さなえくぼが浮かぶ。

「で、見つけたのね。nishika が西田香奈恵だって、取材の前日に気づいたんでしょ？　だから仮病でボディガードを休み、実は女装してロケ現場を見張ってた。そして逃げる香奈恵の後をつけた。違う？」

「晶さん、刑事になった方がいいですよ。あ、やっぱ探偵の方がカッコいいか」

その無邪気さが、私をいら立たせた。

「どうやってホテルの部屋に押し入ったの？　映画みたいにルームサービスでも装った？　遺書は脅して書かせたのね。香奈恵を殺すのは簡単だったでしょ？　人の首を絞めるのは二度めだものね」

再びテツが黙り込み、私はさらに責め続けた。

「ねえ、どうしてこんなことをしたの？　なんでもっと早く話してくれなかったの？　そうしたら、誰も死なずにすんだのよ。そんなにみんなに知られるのが怖かったの？」

「みんななんか、関係ねえよ！」

ふいに語気をあらげた。拳《こぶし》を握った手を、もう片方の手できつく包み込んでいる。

「あんたに知られたくなかったんだ」

「私に？」

「俺は生まれてからずっと、趣味もサイズも合わない服を無理矢理着せられて、檻《おり》の中に閉じこめられてるみたいだった。窮屈で苦しくて、何度も気が狂いそうになった。でも、あんたは違う。全然矛盾がないんだ。だから憧《あこが》れてた。あんたみたいに生きたかった。ずっとあんたのそばにいたかった。本当のことを知っても、あんたは受け入れてくれたかもしれない。でも」

「でもなに？」

「それはもう、俺じゃないんだ」

喉の奥から、絞り出すような言葉だった。

「テツ」

「晶さん。俺どうしたらいいですか。晶さんの言う通りにします」

私は手を伸ばしてテツのキャップを押し上げた。黒目がちの大きな澄んだ目が、まっすぐこちらを見ている。

「わからない」

私は答えた。

「でもテツ。矛盾のない人間なんていないわ。私だってそう。毎日もがいてる。だから少しでも潔く生きようと思う。それだけよ」

テツは黙って私の目を見つめ続けた。テツが欲しかった答えは、こんなものじゃないのかもしれない。じゃあどうすればいいのか、どうしたらテツを守ってやれるのか。私にはわからなかった。

目をそらし、テツはゆっくりと立ち上がった。

「迷惑かけてすみませんでした。みんなにも、そう伝えてください」

そして、一度も振り向かずに店を出ていった。

私はキャンドルが燃えつきてしまった後も、ずっとそこに座っていた。

「だからぁ、オモサンのファーキで待っててってば」

エレベーターのドアが開いたとたん、大声で暗号を投げかけられた。チューブトップの肩からブラの肩ひもを見せるという、これまた理解不能ないで立ちの若い女が、耳を押さえながら携帯で話している。

私は女の横をそっとすり抜け、店のドアを開けた。

「おはようございます」

キャッシャーの男の子が、控えめに声をかけてくる。

「おはよ」

短く答え、奥に進んだ。

二度めの営業再開日とあって、待ちかねていた客で満席状態だ。

事件の全てが明るみに出ると、店は大パニックに陥った。一時は店じまいかと塩谷さんともども覚悟したが、客たちは全く気にしてないらしい。お気に入りのホストたちに、早く店を開けろと電話をかけてきた。

通路を足早に進むと、ホストたちが目で合図してくる。ジョン太が親指を突き立ててふざけた顔をしたので、あっかんべで応えてやった。

ジョン太は今や、indigo のナンバーワンだ。明るくていいやつだが、客の顔と名前を覚えられないという致命的な欠点を抱えている。

かつてのナンバーワン・TKOは店を辞め、念願のタレントになった。このまえ出ていたテレビのバラエティー番組では自慢のブランドグッズをオークションで換金し、めぐまれない国の子どもたちに寄付していた。全部まどかに貢がせたものだ。きっと、彼なりの罪滅ぼしのつもりなのだろう。

なぎさママは、私をなじった。「どうして見逃してやらなかったの？　気づかないふりをしてやれなかったの」と。それから寝込んだ。私の推理のせいとはいえ、自分がテツの犯した罪を暴くきっかけとなってしまったのだ。

それでも、私たちは仲直りをした。この前バーに行くとママはこう言った。「深く考えると頭痛くなるんだけど、結局あたしの〝天啓〟に間違いはなかったってことよねえ？」

テツはあのまままっすぐに豆柴のところへ行き、自首した。今は〝女囚〟として拘置場にいる。彼女はまだ十七歳だった。

三年前に故郷から家出してきたテツは、歌舞伎町のおなベバーなどで働いていた。しかしどうしても〝男〟として存在したかった彼女は、他人の保険証を手に入れ、indigoのホストになった。そして、豆柴が私だけに教えてくれたテツの本名は、〝河村《かわむら》桃子〟。

テツ、ホントだね。ホントに上手くいかないね。

テツを待つ未来がどんなものかはわからない。それでも、ぴったりの服、くつろげる家を見つけて欲しい。心からそう思う。

そして、私だけが変わらない。相変わらず健康実用書の原稿書きに追われる日々。今度のテーマは〝痛風〟だ。早くも足の親指の根元がうずき始めている。

唯一変わったことといえば、たまにだが店のホストたちと遊びにいくようになった。もちろん、彼らの好きなクラブなんかには行かない。もっぱらカラオケだ。一人で八〇年代アイドル歌謡を歌いまくり、顰蹙《ひんしゅく》を買っているが知ったことではない。

階段を登りながら見上げると、事務所に明かりが点っていた。憂夜さんはもう、ドアノブを握ってスタンバイしてるに違いない。そして塩谷さんは、訳もなく不機嫌だ。

club indigo。その名のように、暗く深く蒼《あお》い夜がまたこの街にやってくる。

原色の娘

その日。見知らぬ少女が、ＶＩＰルームのソファに座っていた。

歳《とし》は十歳前後。軽くカラーリングした長い髪を、ツインテールにしている。売れっ子ホストたちに囲まれた少女は、向かいのテーブルに並んだ品々を眺めながら、はちきれそうな笑顔を浮かべていた。ブルガリのキーホルダーに、ディオールのコインケース、エルメスの鉛筆、グッチのペンケース……どれもホストたちからもらったものらしい。

その隣には、スナック菓子やアイスクリーム、菓子パンも山盛りになっている。

少女がグラスを取ってかかげると、ホストたちも一斉にならった。吹き抜けの天井に、薄いクリスタルガラスを合わせる澄んだ音が響く。一脚一万六千円のフルートグラスを並々と満たしているのは、果汁一〇〇パーセントのオレンジジュースだ。

あまりに非現実的な光景に呆然《ぼうぜん》と立ちつくしていると、声をかけられた。

「高原オーナー。お仕事中にお呼びたてして申し訳ありません」

後ろに憂夜さんがいた。濃厚な香水の香りに、ダークパープルのマオカラースーツ、櫛目《くしめ》も鮮やかにセットされた茶髪。今日も完璧《かんぺき》な〝王道ホスト〟ぶりだ。

「あの子はなに？　なんで子どもがここにいるの？」

憂夜さんと塩谷さんを、交互に見て訊《たず》ねる。

塩谷さんは、別のボックス席のソファにあぐらをかいて座っていた。ポロシャツは下ろしたてだが、靴下に穴が開いている。しかし彼は、黙って肩をすくめただけでそっぽを向いてしまった。自分で呼びつけておいて、この態度だ。

携帯電話が鳴った時、私は神保町《じんぼうちょう》の出版社で新しい仕事、ニコニコ元気ブックス【てっぺんツルツル、スケスケ薄毛でも生えてきた！　最新育毛技術がわかる本】の打ち合わせをしていた。電話に出るなり、「店に顔出せ」とだけ言って切れた。

「いま、本人に説明させます」

代わりに憂夜さんが答え、VIPルームに入っていった。

私はソファにバッグを下ろし、塩谷さんの向かいに座った。

開店を三十分後に控え、店内は既に客を迎える準備が調っていた。薄暗いフロアにはアロマキャンドルの明かりが揺れ、DJが選曲したクラブミュージックが響いている。私の背後では、出勤してきたホストたちがだらしなく客席に腰かけ、むだ話をしながら煙草《タバコ》を吸ったり、手鏡片手にヘアスタイルを整えたりしている。オーバーサイズのジーンズやハーフパンツに、Tシャツかポロシャツというファッションが目立つ。

〈club indigo〉。それがこの店の名前だ。渋谷駅から徒歩五分、渋谷川という小汚い川のほとりに建つビルの二階に入っている。「クラブみたいなハコで、DJやダンサーみたいな男の子が接客してくれるホストクラブがあればいいのに」という私の思いつきの一言に塩谷さんが乗り気になり、二人で貯金をはたいて始めた。結果は大成功。少し前にちょっとした事件に巻き込まれはしたが、私と塩谷さんはそれぞれフリーライターと出版社社員という〝表の仕事〟を持ちながら、この一風変わったホストクラブを経営している。憂夜さんはマネージャー兼表向きのオーナーだ。

　現れたのは、ジョン太だった。

「言っておきますけど、絶対俺の子どもじゃないすよ」

　さんざんホスト仲間たちにからかわれたらしい。真顔でそう前置きして、ソファに座った。巨大なアフロヘアに古着のベースボールシャツ、裾絞《すそしぼ》りのナイロンパンツは、なぜか右側だけをすねの途中までたくし上げている。流行の着こなしらしいが、どこがいいのかさっぱりわからない。

「じゃあだれ？」

　私が訊《き》くとＶＩＰルームで歓声があがった。少女が携帯電話でホストたちと記念撮影をしている。水平に倒したＶサインを目の脇にかざすというポーズが、なんとも小憎らしい。

　ふいにジョン太が声を落とし、私の耳元に囁《ささや》いた。

「知り合いの娘なんすけど、夫婦ゲンカして奥さんが家出しちゃったんすよ。で、捜しにいくから三日間だけ預かってくれって、頼み込まれたんす」

「預かるってジョン太が？」

子どもが子どもを預かってどうする。おまけに仕事はホストだ。

「俺だってまずいって言いましたよ。でも、むかしめちゃめちゃ世話になった人だから、どうしても断れなくて」

「なにをどう世話になったのよ」

私の問いかけに、ジョン太は決まり悪そうな顔で話し始めた。

五年ほど前の話だ。高校を卒業したジョン太は、お気楽なフリーター生活を送っていた。そして、とあるカフェレストランでバイトをしている時に、客の女に声をかけられ、誘われるままにホテルに行き、やることをやってしまった。ところが女はヤクザの愛人で、後日その男に店に乗り込まれ、「金を払え。じゃなきゃ指を詰めろ」とすごまれたらしい。

「俺、そんなのテレビとか映画でしか見たことなかったし、どうしていいかわからなくて、マジでちびりそうになっちゃったんすよ」

ジョン太は顔を歪《ゆが》めた。よほど恐ろしい思いをしたのか、細い目が潤んでいる。

しかし、いかにもな話だ。ノリ一発の度胸はすごいが、後先のことは考えない。それがジョン太だ。

結末も定石通りで、そこに割って入ってくれたのがレストランのオーナー、つまり少女の父親だった。オーナーは、店の常連客のつてを頼りに某有名暴力団の幹部を紹介してもらい、頭を下げて頼み、それなりの金も渡し、なんとか話を丸く収めたらしい。

「そりゃ断れないわね」

私の言葉に、ジョン太はがっくりと肩を落として頷《うなず》いた。待ち構えていたように塩谷さんが言った。

「よし。決まりだな」

「なにが？」

「ジョン太の代わりに、お前があの子を預かるんだよ」

「なんでそうなるのよ」

するとジョン太は身を乗り出し、頭を下げた。

「すみません！　昨日一日がんばったんすけど、どうしてもだめなんす。あいつ、わがままで自分勝手で生意気で、俺の言うことなんて全然聞かなくて。むかしはあんなじゃなかったのに」

そう言って恨めしそうに少女を睨《にら》んだ。しかし彼女はどこ吹く風で、記念撮影を続けている。

「女のわがままなんてお手のもんでしょ。indigo のナンバーワンホストが、なに情けないこと言ってるのよ」

「そういう問題じゃないんです。あいつはマジでヤバいんすよ。俺の手に負えるようなガキじゃない。助けてくださいよ。店の仲間とか男の友達に預ける訳にいかないし、俺にはこういうこと頼める女友達っていないんす。晶さんだけが頼りなんすよ。お願いします！」

顔の前で両手を合わせ、アフロ頭を深々と下げた。

「勝手なこと言わないでよ」

言い返してはみたものの、言葉に今ひとつ力が入らなかった。ジョン太が本当に辛《つら》そうだったからだ。というより、ひどく困惑しているようで気にかかった。

「決まりだな」

もう一度、塩谷さんが言った。

「申し訳ありません。しかし、このままあの子をここに置いておく訳にはいきませんし、万が一問題でも起こされると、店としても非常にまずいので」

憂夜さんまでそう言って、シャープに整えられた眉《まゆ》を寄せてみせた。

「でも、学校はどうするのよ。明日も明後日《あさって》も平日じゃない」

「それは大丈夫です。ジイさんが死んで、一家で田舎《いなか》に帰ってることになってます」

「あっそう」

用意周到というやつだ。恐らく話は、私が現れる前にとっくに決まっていたのだろう。

しかし今さら気づいたところで、後の祭りだ。

「おい。開店十五分前だぞ」

憂夜さんの言葉を合図に、ホストたちが立ち上がった。少女が、小さな唇を尖《とが》らせる。

「いっちゃうの？　これからみんなでプリクラ撮《と》りにいこうと思ってたのに」

輪郭《りんかく》の淡い丸い顔に凹凸の少ないパーツ。地味だが、バランスはいい。年頃になったら、周囲がはっとするほどの美人になるタイプだ。

「仕事なんだから仕方がないだろ」

ジョン太が言い含めるように声をかけたが、膨れっ面でぷいと横を向いてしまった。

「代わりに、このおばちゃんがなんでも好きなもの買ってくれるってよ」

塩谷さんが大きな、妙に浮かれた声で言うと少女は顔を上げ、初めてこちらを見た。

私は立ち上がり、フロアの一番奥にあるＶＩＰルームに向かった。

「名前は？　何年生？」

見ると、少女はプラチナのキーホルダーに、安っぽいソフトビニールのキャラクター人形をぶら下げようとしていた。

「祐梨亜《ゆりあ》。小五」

こちらを凝視しながら短く、しかしはっきり答えた。なんの遠慮もない、好奇心と警戒心剝《む》き出しの視線だ。

「私は高原晶。よろしくね」

そう言って精一杯母性に溢《あふ》れた笑顔を作ってみたが、祐梨亜は、

「変な名前。男みたい」

とつぶやき、横を向いた。パーカの胸のロゴをふちどるスパンコールが、キャンドルの明かりを反射して輝く。

真正面から向かい合って気づいたのだが、祐梨亜は壮絶な恰好《かっこう》をしていた。パーカにデニムのミニスカート、ハイソックス、スニーカー。コーディネートはごくオーソドックスだ。今から二十数年前には、私も同じような服を着ていた。

問題は色だ。ピンク、赤、オレンジ、黄色……ポップで鮮やかな色づかいの生地に、さらにカラフルなキャラクタープリントやワッペン、ラメ、スパンコールがちりばめられている。そして、腰に巻いた太いベルトにも、ビーズを編み込んだチェーンと、キャラクター人形、携帯電話がじゃらじゃらとぶら下げられていた。

最近一部の小中学生の女の子の間で、この手の派手な色づかい、キャラクターづくしのファッションが流行《はや》っていることは、雑誌やテレビで見て知っていた。某子ども向けアパレルブランドを中心としたブームで、今では渋谷の駅前に、この手の服を扱うショップばかりを集めたファッションビルもあるほどだ。

私も街中でそれ風のファッションの少女を見かけたことはあったが、目の前で、しか

もここまで〝極めている〟子を目にするのは初めてだった。子どもらしくないとか悪趣味とかいうよりは、破壊しつくされてる、そんな感じだ。

ひょっとして、とんでもない爆弾を押しつけられてしまったのではないだろうか。色彩の洪水に目を瞬《しばた》かせながら、私は思った。


祐梨亜を連れ、電車を乗り継いで阿佐谷《あさがや》まで帰った。

家に着くなり、祐梨亜は言った。鮮やかなスカイブルーのボストンバッグを抱えたまま顔をしかめ、三階建ての小さな建物を見上げている。

「アパートじゃん」

「アパートじゃない。コーポよ」。私は訂正した。

一応鉄筋だが、築三十年以上経っているのでクリーム色の外壁は薄汚れ、あちこちにひびが走っている。それを埋めている灰色のパテが、さらに貧乏臭さを増大させていた。

階段を登り、部屋に入ると祐梨亜はさらに文句を言った。

「ジョン太の方がずっといい部屋に住んでるよ。あの店のオーナーなんでしょ？　お金ないの？」

四畳半のダイニングキッチンと六畳の寝室兼仕事部屋。交通至便、日当たりも抜群だが、気密性に問題があるらしく、夏も冬もエアコンの効きが悪い。それでも私は、この部屋にもう十年以上住み続けている。

「ここが好きなの」

文句ある？　心の中でそうつけ足しながら言い返した。祐梨亜が鼻を鳴らす。

「あたし、シャワー浴びたい」

三十分後。小さなバスルームから祐梨亜が出てきた。裸にバスタオルを一枚巻いただけの恰好で、勝手にキッチンの冷蔵庫を開け、ミネラルウォーターのペットボトルを出して飲んでいる。棒きれにぼろ布を巻きつけた、小さな案山子《かかし》のように見えた。

「なにこれ。安い服ばっかじゃん」

祐梨亜が大袈裟に声をあげた。今度は洋服ダンスを開け、私のワードローブをチェックしている。パーカ、Tシャツ、ジーンズ、アーミーパンツ……確かにほとんど安売りの量販店で買ったものばかりだ。

「そうよ。私は値段やブランドじゃなく、好きか嫌いかで服を選ぶの」

私が胸を張ると、

「ふうん」

面白くなさそうに返し、さっさと鏡の前に移動した。壁際に細長い姿見を置き、横に折りたたみ式の小さな椅子《いす》を置いてドレッサー代わりに使っている。

「化粧品、マジでこれだけしかないの？　ヤバくない？」

祐梨亜がまた騒いだ。椅子の上にあるのは、化粧水のボトルとファンデーション、口紅が数本、放っておくと左右がつながる眉毛を抜くための毛抜きが一本、それだけだ。

「マジだし、ヤバくもないわよ。服を着たら？」

うんざりしながら答えた。洋服は好きだが、メイクには全く興味がない。三十路《みそじ》女として、見苦しくない程度。それが唯一のコンセプトだ。

「ねえ、あたしの胸大きいでしょ？」

見ると祐梨亜は鏡に向かって腰をくねらせ、自慢げに胸を突き出していた。薄い胸にタオルをきつく巻きつけ、無理矢理谷間らしきものが作られている。胸というよりはつぶれた小籠包《ショウロンポウ》という感じだったが、人のことは言えない。

それより私は、祐梨亜の手足に目が釘《くぎ》づけになった。BCGの注射痕《あと》のない腕、膝小僧《ひざこぞう》に小さなかさぶたのある脚。ただ白く細いだけで、なんのメリハリもない。しかし、肌はまるで瀬戸物だ。艶《つや》がどうとか、肌理《きめ》がどうとかいう以前に、毛穴すら見あたらない。

「クラスで二番めに胸が大きいのよ。なのにジョン太のやつ」

ふいに祐梨亜が膨れっ面になった。

「ジョン太がどうかしたの？」

私の質問には答えず、ぷいとそっぽを向いた。ふと思いつき、質問を変えた。

「祐梨亜ちゃん。ひょっとして、昨日ジョン太にもその恰好で今と同じこと言った？」

祐梨亜が頷く。

「他には？　なにかしたの？」

「膝の上に乗って、触りたかったら触ってもいいのよって言った」

「それだけ？」

「一緒に寝たがってるんじゃないかと思って、ベッドの中に入ってあげた」

なるほど。そういうことか。ジョン太の表情の意味がやっとわかった。

さしものナンバーワンホストも、小学五年生の女の子に迫られるとは思っていなかったらしい。おませかつストレートなアタックにたじたじ、うろたえるだけといったところ。調子はいいが、邪心はない。それもジョン太だ。

「なによ。なに笑ってるのよ」

祐梨亜に睨まれ、ゆるんだ顔を慌てて引き締めた。

「で、ジョン太はどうしたの？」

「ガキはションベンしてとっとと寝ろ、ってお尻叩《たた》かれて、寝室から放り出された。超むかつく。人を子ども扱いしてさ」

祐梨亜が口を尖らせる。ジョン太にしては、百点満点の対応だ。というより、この場合誰だってそうするしかないだろう。

「ジョン太は、あたしの初恋の人なの」

祐梨亜が言った。ようやくボストンバッグからパジャマを出して着始めた。パジャマまで原色オレンジだ。

「へえ」

「優しくてカッコよくて、笑うと目がなくなるところとかかわいくて、大好きだった。絶対結婚するって決めてたの」

「ふうん」

「でも、久しぶりに会ったらダサくなっててがっかり。なにあの髪型。サイテー」

顔をしかめ、乱暴にバッグのファスナーを閉めた。

「確かにあの髪型はどうかと思うけど、ジョン太だって結構がんばってるのよ」

「なにそれ。バカみたい。訳わかんない」

ぶつ切りの言葉を返し、祐梨亜は「もう寝る」と言って断りもせずに私のベッドに潜り込んだ。

セクハラ編集者やノリだけで生きているホストの相手ならお手のものだが、小学五年生の女の子をどう扱ったらいいのかわからない。三十年とちょっと生きていて、この体《てい》たらくだ。

翌朝目を覚ますと、パジャマ姿の祐梨亜が私の仕事机に座っていた。

「なにやってるの」

床に敷いた布団から体を起こし、背中に声をかけた。

「プリクラを貼《は》ってるの」

「プリクラ？」

「そう。これ」

振り返り、手にした手帳を広げた。

デニム地のカバーがついたシステム手帳のリフィル用紙に、縦一・五センチ、横二・五センチほどのプリクラが貼りつけられていた。隙間《すきま》には蛍光色のマーカーで、判読不能の文字やイラストが描き込まれている。写っているのは祐梨亜と、同じくらいの年頃の少女たちだ。手帳はぱんぱんに膨らみ、プリクラの数は全ページ合わせると二百枚以上あった。

「これ全部撮ったの？」

眠気が一気に吹っ飛び、真剣に見入った。祐梨亜は大きく頷き、弾んだ声で答えた。

「うん。同じ手帳が家にあと三冊あるんだ」

「へえ」

「そうだ。晶にいいもの見せてあげる」

慌ただしく手帳をめくり、ページを開いてこちらに突き出した。

胡散臭《うさんくさ》いほど目鼻立ちの整った男の子や、大きく開いた目に無理矢理力を込めて微笑《ほほえ》む痩《や》せた女の子と祐梨亜のプリクラが貼り込まれていた。

「最近学校で、芸能人や超イケてる男の子と撮ったツーショットプリクラを集めて見せっこするのが流行ってるの。あたしのコレクションは、学年で一番って言われてるんだよ」

言われてみれば、テレビや雑誌で見たことのある顔がいくつかあった。

「祐梨亜ちゃん、すごいわね」

なにがすごいのかよくわからなかったが、他に言葉が見つからなかった。たちまち祐梨亜は目を輝かせた。

「晶はプリクラ好き？」

「嫌いじゃないけど」

「じゃあ、これに貼りなよ」

手帳から用紙を一枚はずし、こちらに差し出す。艶のある滑《なめ》らかな紙質で、上下にレモンイエローのテディベアのイラストが印刷されている。

「プリクラ専用の紙で、何度でも貼ったりはがしたりできるんだよ」

自慢げに説明し、

「これも一本あげる」

と、蛍光グリーンのマーカーをおまけしてくれた。

「ありがとう」

プリクラは二、三回しか撮ったことがないし、祐梨亜のコレクションにもさほど興味を惹《ひ》かれた訳ではない。ただ、祐梨亜が初めて正面から私を見てくれたようで、嬉《うれ》しかった。

「ねえ、新宿に行こうよ」

「新宿？」

「うん。歌舞伎町のゲーセンに、そこにしかない限定プリクラマシンがあるんだって。撮って友達に自慢したいの。連れていってよ。どうせひまなんでしょ？」

最後の一言にはカチンときたものの、確かに今日に限って書かなければならない原稿も、打ち合わせの予定も入っていない。

「やった！　決まりだね」

勝手に決めて着替えを始めた祐梨亜に、私は素朴な疑問をぶつけた。

「どうしてそんなにたくさんプリクラを撮るの？」

するとと祐梨亜は、当たり前のように答えた。

「思い出作り」

新宿には、店に出る前のジョン太と、なぜか塩谷さんまで会社を休んでつき合ってくれた。

お目当ての店は、劇場通りの端にあった。薄暗い照明、煙草の臭《にお》い、けたたましい電子音とそれに負けじとフルボリュームで流れるアイドルポップス。日本じゅうどこのゲームセンターも同じだ。

平日の昼間だというのに、店内は賑《にぎ》わっていた。フリーター、大学生風の若者がほとんどだが、どう見ても中学・高校生、中には祐梨亜と同じ年頃の子どもまでいる。この子たちも、親公認のサボりなのだろうか。

祐梨亜はお目当てのプリクラマシンを見つけ、上機嫌でジョン太と撮影している。昨日 indigo でも見た、水平に倒したVサインを目の脇にかざすこましゃくれた仕草が彼女の決めポーズらしい。最後には私と塩谷さんも引っ張っていかれ、三十路女と四十男が水平Vサインポーズを取らされた上、四人で無理矢理狭いフレームに収まった。

「どうしよう。もう貼るところがない」

祐梨亜が言った。でき上がったプリクラをさっそく貼り込もうとしているのだが、スペースがないらしい。祐梨亜は手帳だけでなく、バッグや財布、ベルトにまでびっしりプリクラを貼っていた。

「携帯は？」

私は祐梨亜の腰を指した。ジーンズに巻かれたラメ入りシルバーのベルトには、大量のキーホルダーやマスコットと一緒に、携帯電話がぶら下げられている。しかし、なぜか携帯電話にだけは、二、三枚のプリクラしか貼られていなかった。

「ここはだめ」

祐梨亜は携帯電話を手に取った。

「ここには、特別なプリクラしか貼らないの」

「特別って？」

「ホントに好きで大切な人と撮ったやつ」

「ふうん」

祐梨亜が両手でパールピンクのボディを包み込む。指の隙間から覗《のぞ》いた一枚には、縁なし眼鏡《めがね》をかけた色黒で恰幅のいい男と、髪の長い細面《ほそおもて》の女が写っていた。二人とも私とほぼ同年代、祐梨亜の両親だろう。二人の間で少しはにかんだように微笑む祐梨亜は黒髪で、シンプルな白いブラウスを着ていた。Vサインも、指を二本立てて突き出すだけのノーマルバージョンだ。今と全くイメージが違う。いつ頃撮影したものなのだろうか。

二十分後。気がつくと、祐梨亜が消えていた。ねだられてＵＦＯキャッチャーでチワワのぬいぐるみと格闘しているうちに、大人三人がすっかり夢中になっていた。

慌てて捜すと、店の入口で見知らぬ若い男と話していた。茶髪のロン毛にシワだらけのダークスーツ、日サロで焼いた顔には荒《すさ》んだ疲れの色と、生え始めたヒゲが目立つ。朝帰りの不良大学生か、仕事上がりのホストといった風情《ふぜい》だ。男は笑顔で身ぶり手ぶりをまじえなにか話しかけているが、さすがの祐梨亜も身を硬くして黙り込んでいる。

「この子になにか用？」

めいっぱいドスを利かせ、後ろから声をかけた。男が振り向き、祐梨亜は慌てて私の背後に隠れた。

「別に。迷子かなと思って声かけただけ。最近怪しい連中がこのへんうろうろしてるから」

男は慌てる風もなく、斜め三〇度の角度からガンを飛ばす私に、なれなれしく微笑みかけてきた。両目にグリーンのカラーコンタクト、右の小鼻にはシルバーのピアスをしている。

「そう言うあんたも、相当怪しいんだけど？」。私の心の声が聞こえたのか、男は細い眉を寄せ、顔の前で手のひらを振った。

「変な誤解するなよ。俺にもこれぐらいの妹がいるんだ。だから心配で」

早口でたたみかけるように言いながら、店の前の通りに顔を向けた。ふいに男は動きを止め、口元を歪めて舌打ちをした。声をかける間もなく、店を出て行く。

「なにあれ。祐梨亜ちゃん、あいつになんて言われたの？」

祐梨亜は指先で私のジャケットの袖《そで》をつかんだまま答えた。

「別に。かわいいねとか、歳はいくつとか」

「なにが『俺にもこれぐらいの妹が』よ。典型的なナンパの台詞《せりふ》じゃない」

呆《あき》れはしたが、ノリやルックスからしてロリコン趣味の変態男だとは思えない。無意識に男が見ていた通りに目を向け、人混みの中に見覚えのある顔を見つけた。空也だ。

全身から神々《こうごう》しいほどのオーラを放ちながらも、落ち着かない様子で周囲を見回し、行き交う人々に視線を走らせている。

声をかけると驚きもせずに、

「なんだ。あんたか」

と言った。茶髪に細眉、ダークスーツ、プラチナとシルバーのアクセサリーという絵に描いたようなホストファッション。きつめの香水は憂夜さんと同じものだ。

空也は、ここ新宿歌舞伎町に本店のある業界最大手、ホスト三百名を抱えるホストクラブ〈エルドラド〉のナンバーワンだ。それだけでなく、日本じゅうの王道系ホストクラブのホストたちの頂点に立つ超売れっ子。いわば業界の帝王だ。

「なにか揉《も》めごと？」

「どうも」

「ふうん」

「それより久しぶりだな。元気？」

余裕綽々《よゆうしやくしやく》、といった口調で訊ねる。歳はひと回り近く下のはずだがタメ口だ。

「その節は大変お世話になりました」

私はかしこまって頭を下げた。いつの間にか背後に立っていたジョン太も、「どうもっす」と言ってそれにならう。塩谷さんまで「おう」とつぶやいて目礼している。

以前一度だけ、私はエルドラドに行ったことがある。空也から、club indigo が巻き込まれたちょっとした事件に関するヒントをもらうためだ。そのヒントのお蔭《かげ》で事件は解決し、私と indigo は商売敵《しょうばいがたき》である彼に、大きな借りを作ってしまった。

「indigo の首脳陣がこんなところでなにやってんだよ。歌舞伎町に店でも出す気か？」

軽口を叩いていた空也が、ふと祐梨亜に目を留めた。

「あんたたちの子ども？」

私と塩谷さんを交互に指し、訊ねた。

「バカ言わないでよ！」

「冗談だって。こんなに綺麗な子が、あんたたちの娘の訳ないもんなあ」

言いながら、かがみ込んで祐梨亜に微笑みかけた。唇の端をほんの少し上げただけ。

その代わり目に力を込め、相手の視線を真正面から捉《とら》える。十一歳の子どもも相手でも手加減なしだ。この笑顔を自分だけのものにするために、何十人の女たちが給料をつぎ込み、貯金をはたき、さらには莫大《ばくだい》な借金まで背負って破滅していったのだろう。そう思うと寒気がするが祐梨亜はぽかんと口を開け、瞬《まばた》きも忘れて空也の顔を見つめ返している。

空也と別れた後、新田裏《しんでんうら》のそば屋で食事をした。祐梨亜の希望だ。ジョン太は「子どもなら、ハンバーグとかカレーとか食えよな」とぼやいたが、返事は「ダイエット中なの」の一言だった。

「ねえ晶」

危なげな箸《はし》づかいでざるそばを食べながら、祐梨亜が言った。

「なあに」

私はジョン太にビールをお酌してもらいながら振り向いた。つまみは天ぷらの盛り合わせだ。

「さっきの人だれ?」

「さっきの人って?」

「ゲーセンで会った男の人」

「ああ、空也ね。ホストよ」

塩谷さんのグラスにビールを注《つ》ぎ、答える。

「どこで働いてるの？」

「歌舞伎町のエルドラドだけど。どうかしたの？」

「めちゃめちゃカッコいいよね。すごく優しそうだし、おしゃれだし、いい匂《にお》いもした。それに、あたしのこと綺麗って言ってくれたの」

はにかんだように俯《うつむ》く。すぼめた唇が、驚くほど赤く艶やかだった。澄んだ大きな目はとろりと潤み、頰《ほお》もかすかに上気している。

まずい。本能的にそう思った。

「祐梨亜ちゃん、あれはね」

「綺麗なんて言われたの初めて。〝かわいい〟は、小さい頃から何十回も言われてきたけど。だから、すっごく嬉しかったの。どきどきしちゃった」

「あの男が口にする褒め言葉には、折れたシャーペンの芯ほどの重さも意味もないんだってば。それに、子どもは誰だって〝かわいい〟って言われて育つものなの」。現実を教え、目を醒《さ》まさせてやろうと思ったができなかった。女として、祐梨亜の気持ちが痛いほどわかったからだ。

「あたし、空也さんと二人でプリクラが撮りたい」

たちまち場の空気が凍りついた。ジョン太は、箸の先に鴨《かも》せいろの鴨肉をつまんだまま固まっている。

「エルドラドってお店に行けば空也さんに会えるの？　昨日の indigo のみんなみたいに、一緒に遊んでもらえるんでしょ？　忙しくても、ちょっとだけならプリクラ撮りにつき合ってくれるよね？」

ジョン太が鴨肉を放り出し、立ち上がった。

「冗談じゃねえぞ！」

「その通り！」

なぜか塩谷さんまで叫んだ。豆粒のような目で祐梨亜を見据えている。

「エルドラドはうちとは違う。ものすごく高いんだ」

声は重々しく、威厳もあったが、無精ヒゲにビールの泡がカビのようにこびりついている。

「ちょっと、そういう問題じゃないでしょ」

私はポロシャツの袖を引っ張り耳打ちしたが、塩谷さんは動じなかった。

「いくらぐらいあればいいの？」

祐梨亜の質問に、塩谷さんはチノパンのポケットから携帯電話を取り出した。

「初回料金だから、酒・つまみはセットで三千円ですむ。しかし、ホストを指名する場合は別途指名料がかかるから、空也が一万円、ヘルプが二人ついたとして各五千円だな。ここまでで合計二万三千円ってところだ」

淀《よど》みなく話しながら、ものすごい速さでプッシュボタンを押し、数字を入力していく。計算をしているらしい。その手元を祐梨亜が食い入るように見つめ、私とジョン太は啞《あ》然《ぜん》としていた。

「ただし、だ。空也を同席させるからにはドンピン、つまりドンペリのピンクの栓を抜くのがお約束らしいから、ここで一気に一本十万円。そうなるとつまみもそれなりのものが必要になって、フルーツとオードブルで各三千円。おまけに途中でプリクラを撮りにいくとなると外出料金がかかるから、一時間として一万円だな。これにサービス料二〇パーセントと税金を足すと十七万五千百四十円。最後に肝心のプリクラ代金四百円も乗せて、と。出たぞ、合計金額十七万五千五百四十円！」

塩谷さんは祐梨亜の鼻先に、液晶画面を突き出した。

「ウソ～！　めちゃめちゃ高いじゃん」

「お前、いくら持ってるんだ？」

祐梨亜はヒップバッグのファスナーを開け、熊《くま》だか犬だかよくわからないキャラクターがプリントされたビニールの財布を取り出して中を覗いた。

「八千九百四十円。あと、PASMO」

「それじゃあ空也に相手をしてもらうどころか、店に入るのも無理だ。諦《あきら》めるんだな」

塩谷さんがとどめを刺すと祐梨亜は黙り込み、じっと自分の財布を見つめた。

「塩谷さん、譬《たと》えが生々しすぎますよ」。ジョン太はそう囁き、眉をひそめた。


indigo に着くまで、祐梨亜は一言も口をきかなかった。私がおだてても、ジョン太が脅しても押し黙ったままで、じっとなにかを考えている様子だった。

その夜は、オーナールームで定例の経営会議を開いた。

私も塩谷さんも、ふだん店のことは憂夜さんに任せきりだ。だから月に一度は会議を開き、経営方針や従業員たちの働きぶりなどについて話し合うことにしている。

午後七時。開店と同時に着飾った女たちが、お目当てのホストに会いにやってきて、フロアはほどなく満席になった。ほとんどが二十代。学生やフリーター、ＯＬもいる。

「ねえ晶」

祐梨亜が話しかけてきたのは、会議が一段落して休憩している時だった。

「なあに」

私はオーナーデスクで帳簿に目を通していた。塩谷さんはソファに寝転がっていびきをかき、憂夜さんは自分のオフィスでパソコンに向かっている。店は吹き抜けになっていて、下のフロアが客席と厨房《ちゅうぼう》、上がダンスフロアとカウンターバー、その奥のバックヤードに、ホストたちのロッカールームと事務所兼オーナールームがある。

「お金貸してくれない？」

「いくら？」

「十六万六千六百円」

「なによ、そのハンパな金額」

「空也さんと遊んでプリクラ撮るのに必要なお金から、あたしがいま持ってるおこづかいを引いたの。で、足りないお金が十六万六千六百円」

「計算が得意なのね」

嫌味のつもりだったが祐梨亜は動じず、にじり寄ってきた。

「ねえ、貸してくれるでしょ？」

「だめ」

即答すると、小さな手を私の腕にからめ、甘ったれた声を出した。

「お年玉を貯めた貯金が三十万円あるの。家に帰ったら必ず返すから。お願い」

「絶対だめ」

祐梨亜は乱暴に手をほどき、小鼻を膨らませた。

「どうして？　友達なんだから、貸してくれたっていいじゃん」

「友達？　私とあなたが？」

私は驚き、祐梨亜は戸惑ったような顔をした。

「だって、泊めてくれたし、一緒にプリクラも撮ったし……友達でしょ?」

「だったらなおさら貸せない」

「なにそれ。訳わかんない」

「私が友達って呼ぶのは、ものすごく好きで大切な人だけ。あの店は、そんな人から借りたお金で行く場所じゃないわ。行きたければ、自分で働いて作ったお金で行きなさい」

きっぱり答えると、祐梨亜は恨めしそうに私を睨み、オーナールームを出ていった。

祐梨亜が消えたことに気づいたのは、会議を終え一時間ほど経った頃だ。慌てて憂夜さんと二人で捜したが、事務所はもちろん、トイレ、客席フロアにも姿はなかった。

「誰か祐梨亜を見なかった?」

ロッカールームのドアを開けて訊ねた。とたんに汗と煙草とヘアスタイリング剤をミックスさせた、強烈な臭いが鼻を突く。壁際にスチール製のロッカーが並び、中央に巨大なガラスの灰皿と、コミック雑誌が載ったテーブルが置かれている。

「さっき店の前で会いましたよ」

アレックスが野太い声で答えた。ロッカーの前に窮屈そうに体を屈《かが》め、ドアの裏に取りつけた鏡で栗色《くりいろ》の眉を整えている。プロの格闘家として試合にも出ているアレックスは、身長は二メートル、体重も百キロ近くある。日米ハーフでインターナショナルスクール出身、人気ホストの一人で、従業員たちからも兄貴のような存在として慕われている。室内には他にも数名、休憩中と仕事前のホストがいた。

「それで？」

「金を貸しました」

「貸したの⁉　いくら？」

思わず大きな声を出すと、顔を上げ、色素の薄い目を瞬かせた。

「五万円。どうしても必要で、すぐに返すって言われたから」

「俺も祐梨亜ちゃんに金を貸しましたよ。二万円だけど」

横からもう一人があっけらかんと言った。犬マンだ。面長の顔に丸く小さなパーツ、小柄だがバネのある体。犬というより小猿というルックスだが、頭の回転が速く、客の人気は高い。

「三十分くらい前にトイレの前で会って、頼まれました。『晶とジョン太にはないしょにしてね』って、念押しされた」

「あ、俺も俺も！」

私が絶句していると、夜食のラーメンを食べていたＤＪ本気《マジ》が手を挙げた。金髪のマッシュルームカットに、真っ赤なジャンプスーツというお笑い芸人のような恰好をしている。おまけにDJと名乗りながら、経験も興味も皆無だという。indigo には、他にもこの手のふざけた源氏名《げんじな》のホストが大勢いる。彼らにとって最優先すべきは〝ノリとウケ〟らしい。

「いま金ないから断ったんだけど、どうしてもって言うから、六百円貸しました。ちゃんと返してもらえますよね？」

DJ本気は、せっぱ詰まった顔で私を見た。

とたんにずしりと体が重くなり、胸の中でなにかがざわざわと動きだした。

明治通りに出て、タクシーを拾った。行き先はもちろん新宿歌舞伎町だ。

「迷惑かけてすみません」

車が走りだすと、ジョン太が頭を下げた。いつもの笑顔は消え、引きつった青い顔をしている。私は首を横に振った。

「私が最初に気づくべきだったのよ。油断してたわ」

祐梨亜にとって空也は、なにがなんでも「ツーショットプリクラを撮りたい人」だろう。それはわかっているつもりだったが、彼女の想いがここまで強く深いとは思わなかった。

「でも、まさか誰かさんが祐梨亜の軍資金作りに協力してたとはねえ」

そっぽを向き、独りごとめかして言う。シートの逆端に座った塩谷さんが、身を乗り出してこちらを睨んだ。

「仕方がねえだろ。『明治通りの雑貨屋に、すっごくかわいいバッグがあるの～』ってしつこくねだられたんだよ」

あれからホストを一人ずつオーナールームに呼び、祐梨亜に金を貸していないか、貸した場合はいくらかをリサーチした。結果はこうだ。

アレックスから五万円、犬マンから二万円、DJ本気から六百円、サム平から三万円、坂東《ばんどう》イルカから五万円、権藤《ごんどう》クジラから一万円、おまけに塩谷さんから六千円。合計金額は、ぴったり十六万六千六百円だ。

「塩谷さん。いつもその手でキャバクラ嬢に、ブランドバッグとか貢がされてるんじゃないすか？」

ジョン太にまで非難され、

「うるせえな。祐梨亜を連れ戻して金を取り返せば、文句ねえんだろ。がたがた言うなよ」

と逆ギレして運転席の椅子を蹴《け》り上げた。バーコード頭の運転手が、ハンドルを握ったままびくりと肩を揺らした。

「祐梨亜も、昔はこんなことするやつじゃなかったんすよ。素直で人なつっこくて、ホントにかわいかった。服の趣味だってあんなじゃなかったし」

取りなすようにジョン太が言った。

「らしいわね」

昼間ゲームセンターで見た、祐梨亜の携帯のプリクラを思い出す。

「あいつが変わった原因は、親だと思います」

声は落ち着いていたが、ジョン太のジーンズの脚は小刻みに貧乏揺すりをしている。

「実は、ここ一年くらい親父《おやじ》さんの店が上手くいってないらしいんすよ。そのせいで夫婦仲まで険悪になって、最近はケンカばっかりしてたそうです。祐梨亜の様子がおかしくなったのも同じ頃からで、態度が反抗的になって派手な服を着たり、塾をサボってゲーセンでプリクラばっかり撮るようになった」

「ふうん」

「でも俺、あいつなりに必死だったんだと思うんです。ほら、どんなに仲の悪い親でも、子どもになにかあると、ものすごい勢いで一致団結するでしょ？　だから、自分が悪さをしたり、心配かけてる限り両親は別れない、いつかは元通りになれるって考えたんじゃないのかな。それにプリクラを集めてるのも、寂しさや心細さを少しでも紛らわすためだと思います」

短絡的で極端、いかにも子どもが考えつきそうなやり方だ。しかし同時にそれは、私をひどく切ない気持ちにさせた。

「ところが先週。ひどい口ゲンカをして、親父さんが思わずお袋さんを引っぱたいちゃったらしいんすよ。で、キレたお袋さんがついに家を飛び出したって話です」

「そうだったの」

だからといって、なにをしても許されるということではない。だが、祐梨亜は本当に孤独で苦しかったのだろう。家と学校と塾。この三つが世界の全ての十一歳の少女には、背負う荷物はあまりに大きく、重すぎる。

「俺は、空也の野郎が許せねえ。小学生のガキにまで色目つかいやがって」

助手席から、押し殺したような声が聞こえた。アレックスだ。続いて狭い車内に、指の関節を鳴らす物騒な音が響く。バックミラーに、それをちらちらと眺める運転手の怯《おび》えた顔が映っていた。

出がけにアレックスを呼んだのは塩谷さんだった。確かに彼は、この手の非常時には欠かせないメンバーだ。普段は心の優しいシャイな若者だが、正義感がめっぽう強く、一旦《いったん》キレると誰にも手がつけられなくなる。

「空也を責めるのは筋違いよ。それに、なにごともなく空也のところに辿《たど》り着いていてくれれば、それだけで万々歳だわ」

私が言うと、隣でジョン太がうなり声をあげてアフロ頭をかきむしった。塩谷さんは、黙って車窓に映った自分の四角い顔を睨んでいる。

靖国通り、西武新宿通り、職安通り、区役所通り。四つの通りに囲まれた数百メートル四方の土地に、約五千の飲食店と風俗店、約百軒のラブホテルが寸分の隙もなく、迷路のように建ち並んでいる。これが歌舞伎町だ。この街で一番おいしい〝エサ〟は男のスケベ心。そしてそれを主食とする風俗嬢、さらにその女から搾《しぼ》り取ろうとする男たち、という明快かつ生臭い食物連鎖が夜ごと展開されている。

その仕組みをきっちり理解している人間、または私のように獲物としての価値が皆無に等しい者にとっては、それほど恐ろしい街ではない。夜、一人で映画を見にいったり、裏通りにお気に入りのエスニックレストランもあるが、特に身の危険を感じたことはない。

しかし、祐梨亜にそんな裏事情を理解できるはずがない。〝無垢《むく》〟も、この街では立派なエサになる。それが小学五年生の女の子ならなおさらだ。

私の願いも空《むな》しく、祐梨亜はエルドラドには来ていなかった。

「どこかに隠してるとか、ないすよね？」

ジョン太は、上目づかいに空也を睨んだ。その後ろで、アレックスが拳《こぶし》をきつく握って肘《ひじ》を体の内側に曲げ、両腕の三角筋を強調して無言の脅しをかけている。黒いTシャツがはち切れそうだ。塩谷さんは、広い店内を鋭い目で見回していた。

しかし、カウンターのスツールに腰かけた空也は平然と、手のひらで背後を示した。

「どうぞ。気がすむまで調べてくれよ」

ぴかぴかに磨き上げられた大理石の床と円柱。宇宙空母のようなシャンデリア。何の脈絡もなく置かれたブロンズ像と金屏風《きんびょうぶ》、ソファはパープルのベルベット地にペイズリー柄だ。以前来た時となにも変わっていない。唯一違うのは、午前一時の開店までまだかなり時間があるので、ホストたちの姿がほとんどない。本来は、ナンバーワンホストの空也が出勤するような時間ではないのだが、憂夜さんが電話で事情を話し、呼び出してくれた。

この世界では思いのまま、怖いものなしの空也も、なぜか憂夜さんには頭が上がらない様子だ。ちょっとした事件の折に「むかしすごく世話になった」とだけ聞いたが、詳細は不明だ。そもそも憂夜さんという人自体謎《なぞ》だらけで、私もindigoの男の子たちも彼の経歴、年齢どころか、本名すら知らない。全てを知っているのは、店を始める時に彼を連れてきた塩谷さんだけだ。

「小学生のガキが突然消えるとしたら、営利誘拐、いたずら目的の変態野郎、アジア系マフィアの臓器売買、少女ポルノ」

ふいになにか思い出したように、空也はおつきの若い男を振り返った。

「おい。武流《タケル》はどうした？」

「いつも通り、遼一《りょういち》と区役所通りで店の割引券を配ってるはずです」

「電話しろ。武流じゃなく遼一に」

男は黙って頷き、胸ポケットから携帯電話を取り出した。ダークスーツにグッチのローファー、真ん中分けの茶髪。クローンのように空也とそっくりだ。

「どういうこと？　武流って誰なの？」

「最近うちに入店したホスト。でも、ギャンブルにハマって店はもちろん、街金《まちきん》や闇金《やみきん》にかなりの借金があるらしい。店にも、取り立ての電話ががんがんかかってきてた。で、最近になって、金を返すためにヤバいバイトをやってるって噂《うわさ》が流れ始めたんだ」

「バイトって？」

「少女ポルノのモデルスカウト。街に遊びにきた小中学生の女の子にかわいいねとか、モデルにならないとか声かけて、ラブホテルに連れ込むんだ。後からその手の写真を雑誌やらネットに流してるプロダクションのやつらが現れて、縛り上げて裸にして無理矢理——」

「やめろ！　そいつが祐梨亜を連れ去ったって言うのか？」

叫んで、ジョン太がひょろ長い手脚をばたつかせた。

「決まった訳じゃない。ただ、俺が思い当たるのは武流しかいないってことだ」

なだめるように空也が答えた瞬間、私の頭に一人の男の顔が浮かんだ。

「ひょっとしてその武流って、グリーンのカラコンとシルバーの鼻ピアスをしてない？」

「ああ。なんであんたが知ってるんだ？」

「昼間、そいつがゲーセンで祐梨亜に声をかけてきたのよ。でも、店の前の通りを見たとたん、急に逃げるように姿を消しちゃったの。私たちが空也と会ったのは、そのすぐ後よ。ねえ、あれってひょっとして」

「武流が逃げたのは、俺を見つけたからだ。今朝《けさ》閉店後に、噂が本当か確かめようと思ってあいつを呼び出した。だが逃げられて、あちこち捜し回ってたんだ」

「冗談じゃねえぞ！」

ジョン太が声を裏返すのと同時に、おつきの男が電話を切った。

「武流はキャッチの途中で消えました。顔見知りらしい小学生の女の子に声をかけて、一緒に風林《ふうりん》会館方面に歩いていったそうです」

跳ねるように飛び出したジョン太を追い、四人でエルドラドを出た。地上に出て、東に向かって進んだ。

軍資金を調達して歌舞伎町に舞い戻ったが、肝心の店の場所がわからない。困った祐梨亜は、当てもなく街の中をうろついていたのだろう。そして、運悪く武流に見つかり、〝副業〟のターゲットにされてしまったのだ。きっと「空也に会わせてやる」とかなんとか言われ、ついていってしまったに違いない。


三分後、私たちは風林会館前の雑踏に、無言で立ちつくしていた。

風林会館は歌舞伎町のランドマークともいえる七階建ての古いビルで、バーやクラブ、卓球場、ビリヤード場などが入っている。一階には、この街で働く人々やその筋の方々の商談と癒《いや》しの空間、そして時には銃撃事件なども起こったりする日本一スリリングな喫茶店もある。今夜もビルの前には、窓ガラスにスモークフィルムをがっちり貼ったベンツが堂々と歩道に乗り上げて停《と》まり、その前でダブルスーツ、ボタン全開の殿方たちが肩をいからせ、周囲に鋭い目を光らせていた。

この建物の裏から、北は職安通り、東は明治通りまでの一帯が歌舞伎町きってのラブホテル街だ。日当たりの悪いじめじめとした通りに沿って、祐梨亜の服のような配色の看板が並んでいる。〈プチシャトー〉〈竜宮〉〈ＯＮＥ－ＷＡＹ〉……いかにもなネーミングばかりだ。

勢いで駆けつけてきたまではよかったが、武流と祐梨亜の姿はなく、また二人がどのホテルに入ったのかも見当がつかなかった。私たちの目の前を、騒々しい学生のグルー

な」

十一歳の女の子が抱く疑問《いだ》としてはごく当たり前なものだが、答えに困り、

「ホントにおかしいね。なんでだろうね。それより他に思いつくものはない？」

とたたみかけてはぐらかした。

「え～っ。いま言ったのだけじゃ見つけられないの？　たくさん挙げたじゃん」

「もう少しだけ教えて。小さなことでいいの。今いるトイレはどう？　見えるものを全部話して」

「普通の狭いトイレだよ。窓はなくて、便器はウォシュレット。ドアに金色のタオルかけがついていて、タオルは……あっ、そうだ8！」

「8？　8がどうしたの？」

「このホテルね、ベッドカバーとかクッションとかに数字の8がたくさんついてるの。その8が、トイレのタオルにもある。でも、この8なんか変。だって」

祐梨亜が言いかけた瞬間、携帯のバッテリー切れを知らせる警告音が流れ始めた。同時に雑音が入り、音声がぶつぶつと途切れる。

「もしもし祐梨亜、どうしたの？　なにが言いたいの？　答えて！」

慌てて私は怒鳴り、ジョン太たちも口々に呼びかけたが電話はあっけなく切れ、その後何度かけ直してもつながらなかった。

「ちくしょう！」

ジョン太が、スニーカーの踵《かかと》でアスファルトを蹴った。

「数字の8がどうとか言ってましたけど、どういう意味ですかね」

アレックスが首をかしげ、私は答えの代わりに空也に訊ねた。

「名前に8とかエイトとか入っているラブホテルはない？　ロゴマークに使ってるところでもいいわ」

ラブホテル＝けばけばしい内装に鏡張りの壁、回転ベッド、というのは一昔前のことで、最近はシンプル&モダンが人気らしい。代表的なのが白い壁とフローリングの床、間接照明に有名デザイナーのインテリアというパターンで、中にはホテルのロゴマークなどを使ったオリジナルのリネン類や、アメニティーグッズを売りにしているところもある。祐梨亜が連れ込まれたのも、恐らくこの手のホテルだろう。

ちなみにこれらの知識は、数ヶ月前にやった某健康雑誌の仕事、「特集・セックスで十歳若返る！」の取材で仕入れたものだ。

しかし、空也の答えはこうだった。

「新しいホテルができるとそれを口実に誘ってくる客がいるから、一応全部行ってるけど、そんなのは知らないな」

さり気なくディープなことを聞かされたが、深く考えている余裕はない。みるみる場の空気が煮詰まっていく。

　黙りこくっていた塩谷さんが、ふいに口を開いた。

「祐梨亜は最後になにか言いかけてただろ。確か『この8なんか変』だ。ひょっとしてマークは8じゃなくて、8に似た別のものなんじゃねえのか」

　アレックスが頷いた。

「その可能性はありますね。8に似たもの……雪だるまとか？」

「鏡餅《かがみもち》もあるぞ」

　ジョン太は目を輝かせたが、空也は呆れたように答えた。

「どっちもない。第一、雪だるまや鏡餅だらけの部屋でその気になると思うか？」

「う～ん。一体なんなんだよ」

　ジョン太は首をひねり、手のひらに指先でせわしなく何度も8の字を書いた。それを眺めていたら、ふいにひらめいた。

「ねえ。『なんか変』なのは、祐梨亜がマークを間違った方向から見たからなんじゃない？　正しい方向から見ると、マークは8じゃなくて」

　私は自分の手のひらに、指で大きく「∞」と描いた。

「これ、『無限大《インフィニティ》』って意味の記号よね？　英語で言うと確か」

「Infinity！」

ネイティブの発音で、アレックスが叫ぶ。

「それなら知ってる。こっちだ！」

空也が裏通りの暗闇に向かって走りだし、慌てて私たちも後を追った。

〈HOTEL INFINITY∞〉。ホテルの入口脇の壁には、そう彫られた銀色の細長いプレートが埋め込まれていた。

コンクリート打ち放しの灰色の箱のような五階建ての建物で、まだ新しい。スモークフィルムが貼られた避難用の窓は、全部で二十六あった。

自動ドアの玄関を入ると、頭上でチャイムが鳴った。ロビーには、ペパーミントグリーンの背の高いソファとガラスのテーブルが三組、間隔を大きく空けて並び、正面の壁には、中に蛍光灯の入ったアクリルの大きなパネルがかかげられていた。パネルは正方形に区切られ、各部屋の写真がはめ込まれている。好きな部屋を選んでボタンを押すと、下の取り出し口からキーが出てくるという仕組みだ。これがフロントの代わりらしく、従業員の姿は見あたらなかった。料金も、室内に設置された自動精算機で支払えるようになっているのだろう。パネルは三分の一ほど明かりが消えていた。つまり、現在使用中ということだ。

ロビーの奥がエレベーターホールで、横に小さな鉄のドアがあった。恐らく中は事務所だ。ジョン太が激しくノックするとドアがほんの少し開き、太った若い男が顔を出した。

「小学生の女の子が誘拐されて、このホテルに連れ込まれたんだ。どの部屋に入ったか調べて、スペアキーを貸してくれ」

ジョン太は早口で、一気にそうまくし立てた。

「支配人の許可がないと」

こちらの目を見ず、ぼそぼそと答える。ダークグレイの制服のシャツには横ジワが走り、ボタンがはじけ飛びそうになっていた。

「じゃあ支配人を呼んでくれ。マジでヤバいんだよ。頼む！」

ジョン太は顔の前で手を合わせ、頭を下げた。

返事はなかった。今度は空也が進み出た。

「支配人って、マダム侯《ホウ》だろ？」

「そうだけど」

空也はスーツの胸ポケットから携帯電話を取り出した。電話番号のメモリーを呼び出し、猛スピードで画面をスクロールさせている。並んでいるのは、女の名前ばかりに違いない。

「あった」

空也がつぶやいた。ダイヤルボタンを押して耳に当てる。呼び出し音が五回鳴る間に背筋がまっすぐに伸び、髪とスーツの乱れが整えられた。さらに目には強い光、口元には自信と誇りに溢れた笑みが浮かぶ。相手が電話に出た時には、すっかり〝業界ナンバーワンホスト〟の顔になっていた。

「もしもし。エルドラドの空也です。ご無沙汰《ぶさた》しています」

低く、甘く、それでいて力強い声で通話口に語りかけた。相手の女が息を呑《の》む気配が、はっきり伝わってきた。

十分後。玄関のドアが開き、ヒールの音を響かせながら背の低い中年女が入ってきた。

「マダム侯。お忙しいところお呼びたてして申し訳ありません」

出迎えた空也は、そう言ってうやうやしく頭を下げた。仕草が憂夜さんにそっくりだ。

「久しぶりに電話してきたと思ったら、いきなり頼みごと？」

マダム侯が微笑んだ。

名前とアクセントからして中国人だろう。余裕たっぷりという口ぶりだったが、赤い口紅が唇からわずかにはみ出ている。大慌てで支度をして、車を飛ばしてきたに違いない。首回りや顎《あご》にたっぷり脂肪がつき、純白の丸首スーツのウエストもやや苦しそうだったが、目は切れ長の二重、鼻筋も通っている。若い頃は相当な美人だったのだろう。今は、アジア系マフィアの幹部のやり手妻といった風情だ。

「スペアキーを貸してくれ。早く！」

突然ジョン太が割り込み、マダムの肩にすがりついた。細い目が血走り、顔は紙のように真っ白だった。マダムはその形相とアフロ頭にぎょっとしながら、すばやく手をふり払った。

「話は空也の電話で聞いたわ。でも、証拠はあるの？」

「ある。ただし今は、詳しく話してるひまがないんだ。とにかく調べてくれ」

今度は塩谷さんが答えた。

「協力したら、いいことある？」

マダムが意味深な視線を送ると、空也は答えた。

「もちろん、相応のお礼はさせていただきます」

「例えば？」

言いながら、パーマでたっぷりボリュームを出した髪を肉づきのいい指先でなでつける。

「エルドラドにご来店くださいましたら、特別料金でサービスさせていただきます。それから」

「それから？」

空也は同じように意味深なまなざしをマダムに返し、こうつけ足した。

「知人が、汐留《しおどめ》のホテルでフレンチレストランをやっています。近いうちにディナーにご招待させてください」

「どうしようかしら」

女は口元をゆるめ、空也の全身にゆっくり視線をはわせた。舌なめずりの音が聞こえてきそうな目つきだった。私の隣で塩谷さんが「げっ」とつぶやき、顔をしかめた。

しかし空也はその視線を真正面から受けとめ、

「必ずご満足いただける一夜になると思います」

と静かに微笑んだ。

「約束ね?」

たっぷりの媚《こび》と、かすかな脅しを含んだ口調でマダムが訊ね、空也の目の奥を見つめた。空也は小さく、しかし力を込めて頷いた。商談成立。

「いらっしゃい」

マダムは私たちにそう命じ、鉄のドアを開けた。


事務所の中は狭く、窓も磨《す》りガラスの小さなものが一つあるだけだった。

部屋の真ん中に大きなテーブルが置かれ、タイムレコーダー、湯飲み茶碗《ぢやわん》と急須《きゆうす》、煙草の吸い殻が山盛りになった大きな灰皿などが載っている。壁際の棚には、折りたたまれた布団カバーやシーツがぎっしりと詰まっていた。どれも綺麗なサックスブルーの生地で、∞のマークが等間隔に織り込まれている。間違いない。祐梨亜はこのホテルのどこかにいる。

反対の壁際にはスチールのデスクが並び、その一つに十四インチのモニターが置かれていた。画面は四分割され、ロビーや地下の駐車場など、監視カメラの映像を映し出している。モニターにはレコーダーも内蔵され、同時に録画する仕組みになっているらしい。面倒なことが起きた場合には、録画した画像を警察なりバックの組織なりに渡し、カタをつけるのだろう。

マダムはデッキのボタンを押し、録画を止めてレコーダーを巻き戻し、再生ボタンを押した。五人が肩をぶつけ合いながら、小さなモニターを取り囲んだ。

粒子の粗いカラー画像で、左下に表示された小さな数字が、日付と時刻、秒数をカウントしている。私たちは画面の左上、ロビーを撮影した部分に見入った。

カメラは斜め上の角度から、ロビーに入ってきた客がパネルの前で部屋を選び、エレベーターホールに向かうまでを撮影している。まず現れたのは、東南アジア系の若い女と、千鳥足の中年サラリーマン。その次がぴったりと寄り添い、ディープキスを繰り返すティーンエイジャーのカップルだ。その後、客足はぱったりと途絶えた。

「なんだよ。いないじゃないか」

ジョン太がいら立った声でつぶやき、マダムは早送りのボタンを押した。とたんに、画面に見覚えのあるショッキングピンクのパーカが現れた。

「祐梨亜だ！」

マダムがレコーダーを再生モードに切り替える。

祐梨亜は物珍しげにきょろきょろと周囲を見回していた。肩に垂らした長い髪と、頭頂部からやや右下にずれた位置にあるつむじがはっきりと映っていた。そして、その隣には背の高いダークスーツの男、武流だ。

武流は作り笑顔で祐梨亜に話しかけながらパネルを見上げ、迷うことなく最上段、右端の部屋のボタンを押した。出てきたキーを受け取り、そのまま祐梨亜を連れて歩き去った。

マダムは無言で立ち上がり、デスクの引き出しから黒いカードキーの束を出した。口紅と同じ色のマニキュアで彩られた指先で一枚を抜き出し、ジョン太に渡した。

「部屋は五階の一番奥。５０５号室よ」

エレベーターのドアが開いた。周囲の様子を窺《うかが》い、一人ずつそっと外に出る。

ダウンライトに照らされた薄暗い廊下に、黒い墓石のようなドアが並んでいた。最上階の角部屋。５０５号室はこのホテルの中で一番広く、値段も高い部屋なのだろう。隣

んの音も聞こえない。

ジョン太は右手でドアノブをつかみ、左手で鍵穴《かぎあな》の溝にキーを差し込んで、私たちに目配せをした。空也が短く頷き、アレックスは腰を落としてファイティングポーズを取る。

ジョン太がすばやくキーをスライドさせると、小さな電子音とともに解錠された。同時に体当たりするようにしてドアを開け、ジョン太、アレックス、空也、私、塩谷さんの順番で室内になだれ込んだ。

フローリングの床に黒革のソファ。人工大理石のテーブル、壁には大画面のプラズマテレビ。ガラス張りのバスルーム。祐梨亜の証言通りの広々とした部屋だった。

祐梨亜はダブルベッドの上にいた。服を脱がされ、ギンガムチェックのチューブトップとお揃《そろ》いのショーツという姿で後ろ手にロープで縛り上げられている。口には猿ぐつわをかまされ、目は恐怖で大きく見開かれ、頬は涙でべっとり濡《ぬ》れていた。そして、彼女が激しくばたつかせる足を両手で必死に押さえ込もうとしているのが、憎き武流だ。

しかし、敵はそれだけではなかった。顔色の悪いチビと、坊主頭のデブ。正しく〝きしょいおじさん〟だ。恐らく武流から連絡を受け、後からゲイのカップルでも装って別の部屋にチェックインし、ここで合流したのだろう。

チビは、ベッドの正面にセットしたデジタルカメラのファインダーを覗いていた。歳はまだ二十代らしいが、がりがりに痩せ、煮染《にし》めたような色のネルシャツに、今時どこで買ったのかケミカルウオッシュのジーンズをはいている。足元にはビデオカメラや照明機材も置かれていた。一方坊主頭は、全身黒ずくめで年齢不詳。その汚らわしい手が、祐梨亜のチューブトップの裾をつかみ、今まさに引き下ろそうとしている。

突然、アレックスが英語でなにか叫んだ。恐らく、最上級の罵倒《ばとう》の言葉なのだろう。ベッドサイドに駆け寄るなり坊主頭の襟首を鷲《わし》づかみにして、向かいの壁に投げつけた。重々しい音とともに部屋全体が揺れ、コクトーのリトグラフを収めた額縁が壁を滑り落ちた。慌ててドアに向かおうとしたチビには塩谷さんが足払いを喰らわせ、床に転がした。すかさず私がクローゼットに走ってバスローブの腰紐《こしひも》を調達し、坊主頭ともども縛り上げてやった。

「動くな！」

裏返った声に顔を上げた。武流がベッドに乗り、祐梨亜にナイフを突きつけていた。それを挟むようにして、空也とジョン太がベッドの両脇に立っている。

「これ以上近づいたら、ガキを刺すぞ」

祐梨亜の肩をつかみ、無理矢理立たせる。ナイフは刃渡り約十センチ、持ち手は明るいブルーの樹脂製で折りたたみ式。よくアウトドアショップで見かけるものだ。

なにか叫びかけたジョン太を手で制し、空也が言った。

「武流。ダサい真似はやめようぜ。エルドラドのホストがやることじゃないだろ」

「うるせえ。偉そうな口を叩くんじゃねえよ。俺はマジだぜ」

気圧《けお》されたように言い返し、武流は祐梨亜の細く白い喉《のど》に銀色の刃先を向けた。目がつり上がり、薄い唇が小刻みに痙攣《けいれん》している。顎でこちらを指し、

「おい、お前。二人を縛った紐をほどけ」

と命じる。

ご指名を受けたアレックスは怒りで顔を真っ赤にして肩をいからせ、武流に詰め寄ろうとした。しかしナイフをちらつかされ、口の中でなにやら呪詛《じゅそ》の言葉をつぶやきながら、いま縛ったばかりの坊主頭とチビの紐をほどき始めた。

まずい。事態はとても危険な方向に向かっている。

猿ぐつわの下で祐梨亜がうめき、顔を歪めた。長い睫毛《まつげ》が涙で黒々と濡れ、大きく見開いた目が救いを求めるようにこちらを見た。

大丈夫。必ず助けてあげるから。私はその目を見つめ返し、心の中で呼びかけた。

武流に気づかれないように、そっと室内を見回した。目に留まったのはベッドの上の布団だった。∞マークがびっしり並んだカバーに包まれた、ダブルサイズの薄っぺらな羽毛布団。武流と祐梨亜はその中央に立っている。どちらかが体を動かす度に、足元が危なげに揺らいだ。

ゆっくり腕を上げ、隣の塩谷さんを肘でつついた。小さな目が動き、こちらを見る。私は視線と指先の動きを巧みに使い分け、すばやく計画を伝えた。塩谷さんは一瞬考えるような顔をした後、小さく鼻を鳴らした。「了解」の合図だ。

「わかったわよ。こっちの負け」

私は両手を上げ、一歩前に進み出た。全員が驚いたように目を向ける。

「その通りだ。降参する」

塩谷さんも続き、万歳ポーズで前進した。ベッドまでの距離は約三メートル。

「来るな！　近づくんじゃねえ！」

唾《つば》を飛ばしながら武流が叫び、刃先を祐梨亜の喉に押しつけた。

「晶さん。なにバカなこと言ってんすか！」

憤慨するジョン太を無視して私はさらにこう続け、前進した。

「お金が必要なんでしょ？　いくらいるの？　欲しいだけ用意してあげるから、その子を放して」

「調子いいこと言ってんじゃねえよ。その手に乗るか」

「くれるって言うんだから、もらっときゃいいじゃねえか」

気だるそうに、空也が口を挟んだ。見ると、視線の端で目配せをしてきた。訳がわからないなりに、調子を合わせてくれている。

「お前も知ってるだろ？　こいつら、club indigo のオーナーだぜ。こんなナリしてても、金だけはたんまり持ってる。お前の借金肩代わりするなんて、ちょろいもんだぜ」

散々な言われようだが、空也が気を引いてくれている隙に私と塩谷さんはすり足でベッドの足元まで辿り着き、左右に分かれて戦闘配置についた。

「………」

武流が黙り込んだ。空也はさらに続けた。

「五千万もふんだくれば、借金返して高飛びしても十分余るだろ？　その金で店でも始めればいい。全部リセットして出直すんだよ。悪い話じゃないと思うぜ」

「リセット」。若者が大好きな調子と都合のいい言葉。それは武流にとっても同じだったらしい。みるみる肩の力が抜け、視線が泳ぐ。脳細胞をフル回転させて、あれこれ必死に思いを巡らせているのだろう。次の瞬間、ナイフの刃先がわずかに祐梨亜の喉元からはずれた。チャンス。

私と塩谷さんはすばやくかがみ込んだ。両手で羽毛布団を鷲づかみにして、お互いの顔を見ながら同時に、そして力任せに手前に引いた。唐突に足をすくわれた武流は喉の奥から間抜けな悲鳴を漏らし、仰向けでベッドに叩きつけられた。一緒に転んだ祐梨亜は着地のショックで弾《はじ》き飛ばされ、ベッドの下に転がり落ちた。

それからは、ビデオの早送りのようだった。ジョン太、空也、アレックスが一斉にベッドに飛び乗って武流を押さえつけ、ナイフを奪取し、ついでに一人一発ずつ、それぞれの思いを込めて殴りつけた。塩谷さんは面倒臭そうにアレックスがほどきかけた紐を元に戻し、ついでに武流の手足もカラオケ用のマイクのコードできつく縛った。

私は床の上に倒れ、脚をばたつかせて泣いている祐梨亜に駆け寄り、大急ぎでジャケットを脱いで小さな体を包んでやった。

「大丈夫？　どこか痛いところはない？」

ロープと猿ぐつわをはずし、顔を覗き込んだ。しかし祐梨亜は涙をぽろぽろとこぼし、真っ赤な唇を震わせながらこちらを見上げるだけだ。

「祐梨亜」

床に散らばった衣類を拾い、着せてやっていると、ジョン太がやってきた。額に大粒の汗をかき、まだ肩で息をしている。

祐梨亜は立ち上がり、私を押しのけてジョン太に抱きついた。大きな声をあげて泣き始める。

「このクソガキ！　アホ娘！　大バカ野郎！」

ジョン太は両腕を体の脇に垂らして突っ立ったまま、腰にすがりつく祐梨亜に向かって真剣な顔で怒鳴った。

「みんなめちゃくちゃ心配して、お前のことばっかり考えてたんだぞ。お前が大好きで、心配してる人がここには大勢いるんだ。お前は一人ぼっちじゃないんだよ。自分で考えてるよりず〜っと幸せなんだからな！」

するると、祐梨亜の泣き声がやんだ。ずるずると鼻水をすすり、何度もしゃくり上げながら小さな手のひらでジョン太のシャツをきつくつかんでいる。

「いいか。わかったか？」

ジョン太は両手で祐梨亜の肩を引きはがし、体を屈めて顔を覗き込んだ。短い沈黙の後、祐梨亜がこくりと頷いた。

「よし」

ジョン太が頷くと、祐梨亜は再び飛びつき、声をあげて泣き始めた。ジョン太は今度は両腕でしっかりその体を受けとめ、胸に抱き上げてダークブラウンの髪をくしゃくしゃになでてやった。細い目がなくなり、代わりに両頰に大きなえくぼが浮かぶ。祐梨亜が「大好き」と言っていた笑顔だ。

一一〇番通報すると、すぐにパトカーがやってきた。現れた警官二人は、部屋の有様を見るなり絶句した。縛り上げられ、ぐったりして転がっている悪者三人組と、見事にちぐはぐな組み合わせの男女、加えて少女が一名。

私たちも事情聴取を受けなくてはならないらしく、新宿警察署に同行することになった。

「祐梨亜ちゃん、だったよね？」

パトカーに乗り込もうとしていた空也が、振り返った。

祐梨亜が驚いたような顔で頷いた。ジョン太に背負われ、恥ずかしいのか肩の後ろに隠れて真っ赤に泣《な》き腫《は》らした目だけを覗かせている。

「怖い思いをさせてごめんね」

歩み寄り、空也は優しく静かな声で言った。祐梨亜は黙ったまま、大きく首を横に振った。

おもむろに、空也が小指からプラチナの指輪をはずした。ジョン太の肩に置かれた祐梨亜の左手を取り、薬指にはめる。その一部始終を、祐梨亜はもちろん全員が呆気《あっけ》に取られて見守っていた。

祐梨亜は小さな、ぷっくりした手を顔の前で広げ、指輪を見つめた。街灯の明かりよりも、それを映す指輪の方が遥《はる》かに明るく、力強く輝いている。

「ゆるゆる」

祐梨亜が少しかすれた鼻声で言った。当然指輪は大きすぎて、祐梨亜が手を動かす度に左右に揺れる。空也が首を縦に振った。

「今はね。だから、この指輪がぴったりになったらそのとき店においで。レディとして歓迎するよ」

祐梨亜は大きく開いた目で指輪を見つめ、それから空也を見た。

空也がもう一度祐梨亜の目を見て微笑んだ。いつもの、業界ナンバーワンホストのフェロモンと誇りに溢れた微笑みだった。

ジョン太が険しい顔でなにか言いかけ、途中でやめて黙り込んだ。

「気の長い営業だこと」

私が茶々を入れた。しかし空也は、すました顔で肩をすくめただけだった。


私たちが警察から解放されたのは、翌日の早朝だった。indigo メンバーには憂夜さんが、祐梨亜には父親が迎えにきてくれていた。空也は武流について証言しなくてはならず、まだしばらくは帰れそうにないらしい。

祐梨亜の父親が現れると、ジョン太は痛々しいほど何度も頭を下げ、謝罪の言葉を口にした。しかし、祐梨亜の父はその倍私たちに頭を下げ、娘のしでかした不始末を詫《わ》びていた。プリクラで見たより痩せていて、くるくるとよく動く丸い目が祐梨亜と似ていた。祐梨亜は父親の顔を見るなりさらにもう一度べそをかき、最後に「お腹《なか》すいた」と言った。

祐梨亜は父親が乗ってきた車で帰宅するため、私たちは青梅《おうめ》街道で別れることになった。新宿警察署は、西口の高層ビル街のはずれにある。薄青い空気の中を、夜遊び帰りの若者のグループ、早朝出勤のサラリーマン、大きな荷物を背負ったホームレスなどが行き来している。

「また遊びにきてもいい?」

父親が車を回すのを待つ間、祐梨亜が遠慮がちに訊ねてきた。まだ少し鼻声で、まぶたも腫れて縁が赤くなっている。

「私はいいけど……どうする?」

私はわざと深刻ぶった顔で、みんなを見渡した。

「俺もいいですよ。いいトレーニングになったし」

アレックスが野太い声で言って頷き、祐梨亜に親指を突き立ててみせた。

「私はオーナーさえよろしければ」

おごそかにそう答えたのは憂夜さんだ。取り返したホストならびに塩谷さんの金、十六万六千六百円が入ったヴァレンチノのセカンドバッグを脇にしっかりと抱えている。

最後に祐梨亜は、すがるような目で塩谷さんを見上げた。塩谷さんは鼻を鳴らし、背中を向けた。それからぶっきらぼうな声で、しかしはっきりと言った。

「勝手にしろ」

「大歓迎だって」

私が通訳してやると、祐梨亜は嬉しそうに頷いた。

行方不明になった母親は見つかったのか。両親の仲がこの先どうなるのか。それはわからないし、私たちにはなにもしてやれない。それでも、この出会いで彼女の小さな世界が少しでも広がるのなら、それはきっといいことなのだろう。

濃紺のステーションワゴンが、私たちの前に滑り込んできた。祐梨亜の父親の車だ。

「これあげる」

ふいに祐梨亜がポケットからなにか出し、ジョン太、私、塩谷さんの順に配った。プリクラだ。昨日ゲーセンで撮ったものだ。全体が白っぽく、粒子の粗い独特の画像で、中央に祐梨亜と私、その後ろにウインクしてるジョン太と塩谷さんが、頰を寄せ合って写っている。全員が水平Vサインポーズを決め、中でも塩谷さんはむくんだ仏頂面とのコントラストが絶妙だった。

「もらっていいの？」

私の質問に、祐梨亜はこくりと頷いた。

「自分のはもう貼ったから」

「どこに？」そう訊ねようとすると、車窓から父親が顔を出した。

「祐梨亜、行くぞ」

祐梨亜はそそくさと助手席に乗り込み、シートベルトを締めた。

父親は最後までぺこぺこと頭を下げ、やがて車がゆっくりと走りだした。その時、祐梨亜がこちらに向かい、窓からなにかを突き出した。ころりとしたパールピンクのボディ、携帯電話だった。そしてボディの上部、両親との写真の隣に、四人で撮ったプリクラが貼ってあった。「ホントに好きで、大切な人と撮ったやつしか貼らない」そう言っていた場所だ。

呆然と見つめている私に、祐梨亜はにっこりと微笑み、水平に倒したVサインを目の脇にかざしてみせた。どんなに色鮮やかな服よりもまぶしく、どんなキャラクターのプリントよりも楽しげで、向けられた人の心を弾ませる。そんな笑顔だ。

ふいに温かく、切ない気持ちが胸に込み上げてきた。私は慌てて右腕を上げ、どんどん小さくなる祐梨亜に向かって、同じポーズを返した。こましゃくれて憎たらしい、大嫌いな水平Vサインポーズ。それでも、これが二回り違いの〝友達〟に返せる精一杯のエールだった。

サンキュー、祐梨亜。必ずまた会おうね。それまで自分の世界を生き抜いて。祐梨亜なら、きっとできるよ。

ビルの谷間から朝日が差し込み、街が色づき始めた。私は祐梨亜を乗せたワゴンが車の波に呑まれ、完全に消えてしまうまでVサインを送り続けた。

センター街NPボーイズ

この街の中でも、ずば抜けて客の平均年齢の高い店だろう。ここに来る度にそう思う。渋谷駅東口。明治通りと、六本木通りの交差点に建つ古い喫茶店。ビニールタイルの床に、合板の大きなテーブル。流行遅れのラタンの椅子《いす》には、ゴブラン織りの座布団が載っている。公園通りあたりのこじゃれたカフェとはほど遠い雰囲気だが、渋谷にもこういう店を必要とする人間がいる。買い物帰りのおばさんのグループに、仕事をサボってスポーツ新聞に読みふける営業マン。加えて、色艶《いろつや》の悪い顔で打ち合わせをする出版関係者。私もその一人だ。

「高原さん。聞いてます？」

我に返ると、浅海さんが眼鏡《めがね》の奥からこちらを見ていた。

「もちろん。原稿の締切は厳守、進行は前倒し前倒しに、ですよね」

「頼みますよ。どんな事情があったのか知りませんが、この前の『前立腺《ぜんりつせん》の病気がわかる本』みたいな綱渡りは二度とごめんですからね」

「はい、わかってます。すみません」

まさか「あの時原稿が遅れたのは、副業でやってるホストクラブの客が殺され、犯人捜しをしてたからです」とも言えず、私は頭を下げた。

「でも今回は高原さんにとっても身近なテーマですし、原稿も進むと思いますよ」

そう言って、浅海さんはコーヒーを飲んだ。テーブルの上には、『翠林出版　ニコニコ元気ブックス【もう怖くない！　更年期障害を笑顔で乗りきる50のコツ】企画書』と書かれた書類が置かれている。

むっとはしたが、無理矢理笑顔を作り抗議を試みた。

「これでも一応まだ三十代なんですけどね」

「最近は、三十代で更年期が始まる女性が増えてるんですよ。特に不規則な生活やバランスを無視した食事、多量の飲酒習慣のある人に多いそうです」

あまりに自分の私生活そのままなので、反論する気が失《う》せた。それに、言われてみれば近ごろ顔がのぼせたり、汗をかきやすくなったような気もする。

「ア・キ・ラちゃ〜ん！」

甘ったれながらもドスの利いたハスキーボイスが響き渡った。ぎょっとして顔を上げると、出入口のドアの前でなぎさママが手を振っている。

「よかったあ〜。ちょうど電話しようと思ってたとこなのよう」

店内の視線を一身に集めながら、笑顔でこちらのテーブルに歩み寄ってきた。凄《すさ》まじい香水の芳香が漂う。落とすのにたっぷり二十分はかかりそうな濃厚メイクに、美容院帰りの巻き髪。スーツはディオール、バッグはクロコのケリーだ。逞《たくま》しい肩幅と発達しすぎた手足が〝男〟を感じさせはするが、遠目には誰が見ても「高級クラブのやり手美人ママ」だ。

「おはようございます」

思わず夜の世界の挨拶《あいさつ》を返してしまう。時刻は午後四時すぎだ。浅海さんはぽかんと口を開け、私とママの顔を見比べている。

「この子たちとお茶しにきたのよ。偶然ねえ」

ママが顎《あご》で背後を指す。若い男が二人いた。

一人は小柄瘦《や》せ形、色白で黒目がちの大きな瞳《ひとみ》。チワワそっくりだ。もう一人はレザーパンツにワークブーツ。先の尖《とが》った鼻は歪《ゆが》みのない綺麗《きれい》な二等辺三角形をしている。タイプは正反対だが、どちらも飛びきりの美形。ママの好みは実にわかりやすい。

「なるほど」

気の抜けた声でそう返すのが精一杯だった。

今のところ、私の副業のことは〝表の仕事〟であるフリーライター業の関係者は誰も知らない。特に理由はないのだが、なんとなく面倒臭そうなので黙っている。

するとママは私の耳に口を近づけ、早口で囁《ささや》いた。

「頼みたいことがあるの。時間作ってもらえる？　できれば明日か明後日《あさって》」

優雅な微笑はそのまま。しかしパーマで異様に反り返った睫毛《まつげ》に縁どられた目は、笑っていなかった。加えて、私の肩に乗せられた大きな手のひらはじっとりと熱く、強《こわ》ばっている。

「明日の夜なら」

「じゃあ、十一時に神泉《しんせん》の新しい店に来て。もちろん塩谷ちゃんも一緒にね。待ってるわ」

ママの目に安堵《あんど》の色が満ちていくのがわかる。「そんじゃ〜ね。お邪魔しましたぁ」と妖艶《ようえん》に微笑《ほほえ》みかけて浅海さんをビビらせた後、美少年二人とともに二階に上がっていった。

「お、お知り合いですか？」

浅海さんがうわずった声で訊ねてきたので、私は用意していた言葉を返した。

「むかし取材でお世話になった方です」

「ああ、取材で。なるほど」

なら納得、という様子で、浅海さんは頷《うなず》いた。

こういう時、ライターという仕事に与えられた数少ないメリットを感じる。あらぬ誤解を招くようなシーンや、人間関係を目撃された場合も「取材です」と言えば、ほとんどの人が納得してくれる。怪しい雑誌やＤＶＤなどを買う時は、「資料です」の一言でＯＫ。適当な出版社の宛名《あてな》で領収書をもらっておけば、完璧《かんぺき》だ。

「捜し回ってる間に腹ぺこにさせて、着いたらどっかり食わして儲《もう》けようって作戦だな」

店に入るなり、塩谷さんは毒を吐いた。出迎えの仲居の笑顔が引きつっている。校了明けでほとんど寝ていないところを無理矢理引っ張ってきたので、いつにも増して機嫌が悪い。

なぎさママの新しい店は、旧山手通《きゅうやまてどお》りから裏通りを数本奥に入った場所にあった。このあたりは地図があってもわかりにくい上に、交通のアクセスもよくない。私たちも、人気のない深夜の住宅街をさんざん歩き回らされた挙げ句、ようやく辿《たど》り着いた。しかし、若者たちの間ではこの手の店が人気で、「隠れ家レストラン」などと称され、あちこちの街でオープンしているらしい。

私たちが通されたのは、二階の座敷だった。京都の染物屋を移築したという古い家屋で、瓦屋根《かわらやね》に紅殻格子《べんがらごうし》、犬矢来《いぬやらい》、窓には簾《すだれ》という純町屋スタイル。しかしふるまわれる料理は無国籍、というのが売りらしい。一階の客席は、若いOLやカップルで大賑《おおにぎ》わいだった。

座敷に入り、真っ先に目に飛び込んできたのは上座に座った男だ。

歳《とし》は五十代後半。大柄で厚みのある体、彫りの深い顔に切れ長二重の目、引き締まった口元。絵に描いたような二枚目だ。スーツもネクタイも地味だが、仕立てのいいものだとわかる。芸能人やホストのような派手なオーラはないが、静かな威圧感と胆力のようなものを感じる。

その傍《かたわ》らには、同じくスーツ姿の痩せた男が座っていた。歳は四十代前半。度の強そうな銀縁の眼鏡をかけ、髪型は今時きっちり七三分けだ。私たちの姿を見て慌てて立ち上がり、頭を下げた。

「二人とも、急に呼び出してごめんね。とりあえず座って」

二枚目の隣に座ったなぎさママに促された。

艶やかな朱に塗られた座卓に、四人で向かい合って座った。七三分けは二枚目の背後に影のように控えている。ふすまが開き、作務衣《さむえ》姿の男たちが入ってきて料理と酒を並べていく。もちろん美形揃《ぞろ》いだ。

男たちが出ていくと、ママは隣を指して言った。

「こちら、渋谷区長の小金澤《こがねざわ》さんと秘書の望月《もちづき》さん」

「初めまして。小金澤です」

二枚目は背筋をまっすぐに伸ばし、シルバーグレイの頭を下げた。続いて七三分けも、こちらに名刺を突き出す。

「望月です。よろしくお願い致します」

「渋谷区長？　現役の？」

名刺を受け取りながら、思わず訊《き》き返した。渋谷のはずれで店を始めて三年近く経つが、区長が誰でどんな顔をしているのかなど考えたことすらなかった。

ママは頷き、

「晶ちゃんたちのことは、ちゃんと説明してあるの。安心して」

とつけ足して微笑んだ。レザースーツの首から肩にかけて派手なプリントのシルクスカーフを巻いている。ママのお気に入りのコーディネートだ。

「はあ」

「小金澤さんはあたしの高校時代の部活の一年先輩で、すごくお世話になった方なの。もちろんお世話って言っても、変な意味じゃないわよ。あたしがこっちの組合に入ったのはもっとずっと後のことだから」

笑いながら断りを入れた。区長は背筋を伸ばしたまま前方を見つめ、神妙な顔でママの話を聞いている。シワは多いがたるみのない顔、しかし、心なしか頬《ほお》のあたりが強ばり、色艶もよくない。秘書・望月はその斜め後方に鎮座し、区長と全く同じ姿勢と表情を作っている。

「小金澤さんが区長になったことは知ってたんだけど、こんなオカマが会いにいっても迷惑なだけじゃない？　だからずっと陰で応援してたのよ。ところが、半年くらい前にセルリアンタワーのカフェでばったり会って、あんまり懐かしいんで声をかけちゃったの。で、それ以来お忍びで時々店に来ていただくようになったってわけ」

眉《まゆ》を寄せ、恥ずかしそうにママが説明する。ようやく区長の頬がゆるんだ。

「あの時は本当に驚いたよ。声をかけられたのはいいけど、全然誰だかわからないんだから。三十年以上会わなきゃ変わるのは当たり前だけど、こうなるとは思わないだろ。まさか我が部の副将が、こんな美女に変身してるとは」

太い眉が下がり、細めた目の脇にひときわ深いシワが三本刻まれる。いたずらっぽい、子どものような笑顔だった。

「ちょっと、副将はやめてよ。昔の話はしない約束でしょ」

甘え声で言い、ママは区長の背中を叩《たた》いた。

私も塩谷さんも言葉を失っていた。現役渋谷区長となぎさママの青春秘話には好奇心をかき立てられるが、なぜ自分たちがこの場に呼ばれたのか、さっぱりわからなかったからだ。

気配を感じたらしく、ママが真顔に戻った。

「実はね、小金澤さんはちょっとやっかいな事件に巻き込まれてるの」

「事件って？」

「私からご説明させていただきます」

望月があたふたと進み出てきた。眼鏡の度が強いせいで、他のパーツに比べ目だけがアンバランスに小さい。

「三日前。区長の自宅のポストに一通の封書が投げ込まれていました。差出人は不明。中には区長のご令嬢・美玖《みく》さんの裸の写真が数枚入っていました。同封されていた手紙には、『写真をマスコミに公表されたくなければ三千万円用意しろ。受け渡し方法は後日連絡する』と書いてありました。美玖さんに確認すると、二週間ほど前の夜に道玄坂《と》のクラブで声をかけてきた男とラブホテルに行き、その際にデジタルカメラで写真を撮られていたことがわかりました。恐らく写真を持ってきたのはその男です」

「お嬢さんは、おいくつですか？」

「十七歳。高校二年生です」

私が絶句し、反対に塩谷さんはぐぐっと身を乗り出した。

「お恥ずかしい限りです」

低い声で言い、区長は目を伏せた。

夜の渋谷をうろつき、初対面の男とラブホに行ってセックスし、挙げ句の果てに裸の写真まで撮らせてしまうご令嬢。二枚目区長も苦労しているらしい。

「警察には通報したんでしょう？」

望月は首を横に振った。

「それができないから、お二人においでいただいたんです」

「と言うと？」

「警察に話せば男は捕まえてくれるかもしれませんが、美玖さんの写真のことも表沙汰《おもてざた》になってしまいます。恐らくマスコミにもすぐに嗅《か》ぎつけられるでしょう。それに」

望月はわざとらしく咳払《せきばら》いをし、こう続けた。

「半年後に区長選挙があるんです」

「なるほど」

ようやく事情が呑《の》み込めてきた。区長は再選をめざし、これまで着々と準備を進めてきたに違いない。それが告示前になってこの騒動。表沙汰になれば、痛手となることは確実だ。

「まさか僕らにその男を見つけだして、写真のデータ、つまりデジタルカメラのメモリーカードを取り返して欲しいって話じゃないでしょうね」

塩谷さんが口を開いた。

「さすが塩谷ちゃん！　わかってるじゃない」

ママが両手をぱちぱちと叩く。

「私たちが？　なんで？」

「あんたたちには indigo があるじゃない。indigo の男の子たちなら渋谷の裏事情にも詳しいし、ネットワークも持ってるわ。それを使えば、きっと男も捕まえられるわよ」

「そんな無茶な。だって男の名前も住所もわからないんでしょ？　じたばたしないで写真を買い取ればすむ話じゃないの？」

　私の提案には、区長が答えた。

「今はそれですんでも、後々ことが明るみに出ればさらに大きな問題になります。この一件は現時点で確実かつ秘密裏《ひみつり》、加えて早急に解決しておきたいんです」

　急に演説口調になり、熱っぽい鋭い目でこちらを見た。背後では、望月の小さな目も光っている。

「見栄や世間体を守りたくて言ってるんじゃありません。私には、やりかけた大きな仕事が残っているんです。そう。広尾のあの土地は、断じてカラオケボックスなどにする訳にはいかない。あくまで地域のお年寄りのために」

「まあまあ。小金澤さん、落ち着いて」

　区長をたしなめ、ママは私と塩谷さんに向き直った。

「突然呼びつけてこんなこと頼んで、筋が通ってないことはわかってるの。でも、どうしても小金澤さんを助けたいのよ。あたしにできることならなんでもするし、お礼だってちゃんとする。だからお願い、力を貸してください」

　座卓に両手をつき、深々と頭を下げる。

思わず、塩谷さんと顔を見合わせた。こんなママを見るのは初めてだ。

「ちょっと調べるくらいなら」

勢いに押され、つい口走ってしまう。とたんに、ママのアイシャドウ、アイライン、マスカラで重厚に彩られた目が輝いた。

「ホント？　やってくれる？　嬉《うれ》しい！　ありがとう、小金澤さん、よかったわね。これで安心よ。この二人に任せておけば絶対大丈夫だから」

こちらに口を挟む隙《すき》を一切与えず話をまとめてしまった。唖然《あぜん》としている私たちを見据え、ドスの利いた声で言う。

「しっかりやんのよ」


〈club indigo〉のオーナールームに着くと、憂夜さんが出迎えてくれた。事件のいきさつと、私たちがナンパ男捜しをするはめになったことは携帯電話で説明ずみだ。それでも、

「おはようございます。お疲れさまです」

と、いつも通りドアノブをつかみ、おごそかに迎え入れてくれた。今夜の憂夜さんは、珍しく全身黒ずくめだった。しかし、よく見るとスーツの生地は光沢のある玉虫色《シャンブレ》、カフスボタンは巨大なオニキス。加えてぴかぴかのエナメルシューズまではいている。ま

るで結婚式場の花婿だ。

「これが美玖ちゃんよ」

三人で応接ソファに座り、私は一枚のスナップ写真をテーブルに載せた。帰り際に望月から借りたものだ。

「なるほど」

鮮やかな手つきで水割りを作りながら、憂夜さんが写真を覗《のぞ》き込む。

肩を剝《む》き出しにしたチューブトップにデニムのホットパンツを合わせた少女が、無邪気な笑顔でVサインを突き出している。毛先を縦ロールに巻いた明るい茶髪のロングヘアに、濃厚なメイクにも埋もれないしっかりした鼻筋と切れ長の大きな瞳。小金澤美玖は父親にそっくりだ。

「犯人の男について、美玖さんはなんと話してるんですか？」

憂夜さんが訊《たず》ねた。客席フロアからは、ジョン太が大声で歌う調子はずれな『ハッピーバースデイソング』が聞こえてくる。恐らく客の誰かが誕生日なのだろう。午前一時過ぎ。客もホストも一番テンションが上がる時間だ。

私はさっき望月から聞いた話を、そのまま伝えた。

「歳は二十二、三。身長は一七五センチ前後で痩せ形、髪型は茶髪のソフトモヒカン。顔は色白面長、細眉で二重まぶた。でも、似てる芸能人は思い浮かばない。モイチって名乗ってたそうだけど、偽名の可能性が高いわね」

「持ち込まれたのは、どんな写真なんですか？」

「それが見せてくれないし、説明もしてくれないのよ。小金澤さんは引きつった怖い顔で、『区長としての立場以前に、一人の父親としてあれを人目にさらす訳にはいきません』って言うだけだし」

塩谷さんが鼻を鳴らした。

「ただのヌード写真じゃないのは確かだな。恐らくハメ撮り、つまりセックスしながら撮った写真だろ」

「なるほど」

憂夜さんはもう一度そう言い、頷いた。

写真を手に取り、私は改めて美玖を眺めた。

シミどころかホクロ一つない、なめらかな肌と小ぶりな胸。すらりとした手脚。その中で、腰回りにだけみっちり肉がついている。アンバランスな分リアルな、とてもエロティックな体だった。


翌日、小金澤美玖と会った。場所は代々木上原《よよぎうえはら》駅前のカフェ。区長の自宅はこの街の丘の上にあるらしい。メンバーは私、仕事をサボった塩谷さん、そして犬マンだ。犬マンは indigo の人気ホストの一人だが、店に来る前はナンパの名手として渋谷センター街あたりではちょっと知られた顔だったらしい。捜査の手助けになるのでは、と憂夜さんが声をかけてくれたのだ。美玖を待つ間に、私が事件のいきさつを説明した。

「どう思う？」

「もしかしたら、ナンパ師が関《かか》わってるかもしれませんね」

そう返し、犬マンはコーヒーを飲んだ。オーバーサイズのネルシャツにジーンズ、スニーカーというシンプルなコーディネート。背は高くないが、頭が小さく手脚が長いのでなにを着ても様になる。

「ナンパ師？　なにそれ」

「ナンパをするためだけに、クラブや繁華街に通うやつらがいるんです。それも一人で、ほとんど毎日。季節も天気も関係なし」

「なんで？」

「好きだからに決まってるでしょ」

あっけらかんと答え、笑った。面長の顔の中央に集まった丸いパーツ、くっきりした鼻の下の筋、大きな耳。源氏名《げんじな》は犬だが典型的な猿顔だ。

「ナンパ師ねえ」

ナンパなんて酔った勢いか、その場限りのノリでやるものだとばかり思っていた。

約束の時間から遅れること二十分。ガラスのドアを押して美玖が入ってきた。茶髪の巻き髪にラメ入りゴールドのニット、スキニージーンズの裾《すそ》はロングブーツの中に入れている。このあと魚河岸《うおがし》にでも行くつもりなのだろうか。背後から、望月が短い脚をばたつかせながら駆け込んできた。

「お待たせしました」

純白のハンカチで額に浮いた汗と脂を拭《ぬぐ》い、望月は頭を下げた。今日もきっちり七三分け、スーツは濃紺。格子縞《こうしじま》のネクタイは、結び目も幅も極太だ。

簡単な自己紹介の後、それぞれの席に着いた。私たちは区長の知り合いで、仕事の手伝いをしているということになっている。

「声をかけてきた男のことを訊かせてくれる?」

「またぁ? パパにも望月さんにも、何度も話したじゃん。もうやだ」

私の質問に美玖は顔をしかめた。

「美玖さん、困りますよ。なんでもお話しするように、お父様に言われたでしょう」

望月はわかりやすく狼狽《ろうばい》し、腰を浮かせた。しかし美玖はさらにふて腐れたような顔になり、背中を向けてしまった。写真の一件が発覚して以来、適当な理由をつけて学校を休まされ、家に軟禁されているらしい。

「そいつ、モイチだっけ? かなりカッコよかったんじゃない?」

犬マンが、勢いよくたたみかけるように話しかけた。椅子に浅く腰かけ、身を乗り出して美玖の目を見つめている。仕事モードに入った証拠だ。普段は物静かで目立つ存在ではないのだが、一旦《いったん》仕事モードに入るとしゃべりに物真似《ものまね》に歌、ダンスとエンターテイナーぶりを発揮し、とことん客を楽しませる。プロ意識の高さという点では、店のホストたちの中でもピカイチだ。

「そうでもないけど」

横を向いたまま。それでも目の端で、犬マンをちらちらと見ている。

「だって、美玖ちゃんなら普段からナンパされまくりでしょ？　よほど自信がなきゃ、声なんてかけられないよ」

ノリはあくまでも軽く、しかし確信に満ちた口調で続け、最後ににっこり笑った。細めた目が垂れ、代わりに口角がきゅっと上がり、両脇に小さな縦ジワが寄る。恐ろしく平和でのんきな、見る者を脱力させる笑顔。犬マンの〝秘密兵器〟だ。美玖の表情も、目に見えて和らいでいった。

「まあね。特に最近はモテちゃって、モイチに会う一週間くらい前にも同じクラブで声かけられたんだ。でもその男、ミュージシャンみたいなカッコしてるくせにダンスが異常に下手《へた》なの。もうリズム感ゼロって感じ？　だからトイレ行くふりして、バックレちゃった」

「なにそいつ、ダッセー。バックレて当然だよなあ。じゃあ、モイチはダンスが上手《うま》かったの？」

「普通。でも、話は面白かった」

美玖が言った。ハイビスカスの花のネイルアートが施された指先で、アイスコーヒーのストローを弄《もてあそ》んでいる。

「テレビとか洋服とか大した話はしないんだけど、いちいちオチがあるっていうの？聞いてて退屈しなかったな」

「つまらない話を面白く語るのがプロ」。憂夜さんが indigo のホストたちに与えたという、金言の一つを思い出した。

「モイチのこと、結構気に入ったんだ」

「うん。だからエッチもしたし、『絶対誰にも見せないから』って言葉を信じて写真も撮らせてあげたの。なのに親に渡して、その上お金までゆするなんて信じられない。サイテー」

美玖がしかめた顔を背ける。しかし私には、初対面の本名も知らない男を「気に入ったから信じる」という思考回路の方が信じられない。

「モイチに、パパの仕事がなにか話したのか？」

塩谷さんの問いかけに、美玖は細い眉をつり上げ、呆《あき》れたように返した。

「ありえな～い！　そんなダサいことする訳ないじゃん」

「親のことを話すのってダサいの？」

私の素朴な疑問に、美玖はムキになって答えた。

「当たり前じゃん。誰もそんな話しないよ。夜の街に出たら、親がなにやってるかとか、学校がどことか関係ないの。イケてるかイケてないか、そんだけ。だから面白いんだよ」

「ふうん」

一見即物的でクールと感じるが、日々の生活にそれだけ重圧感を感じているということか。昨今の若者もなかなか大変らしい。

「モイチが最初に声をかけてきた時、なんて言ったか覚えてる？」

煙草《タバコ》をくわえながら犬マンが訊ねた。質問の意図がわからず、私と塩谷さんは面食らったが、美玖は頷いてくすりと笑った。

「覚えてるよ。すっごく寒い台詞《せりふ》で、思わず笑っちゃったから」

「どんなの？」

「『ナンパどうでしょう、いいの入ってますよ』だって」

美玖が笑い転げる。確かに寒い。しかし、犬マンは顔色を変えた。

「マジ？　マジでモイチってやつ、そう言って声かけたの？」

「そうだけど」

「俺、犯人わかりました。ていうか、知り合いです」

犬マンが私を見て言った。


美玖たちと別れ、タクシーで渋谷センター街に直行した。

車中で聞いた説明によると、犯人とおぼしき男の本名は大槻大和《おおつきやまと》。歳は二十三。センター街を根城にするナンパ師の一人で、腕前は上の中クラス、らしい。

「腕のいいナンパ師には、それぞれオリジナルの声かけフレーズがあるんですよ。ナンパどうでしょうっていうのは、大和のお得意のフレーズです」

「声かけフレーズねえ」

私が訝《いぶか》しがると、犬マンは笑った。

「まあ見ててくださいよ」

渋谷センター街は、駅前のスクランブル交差点から続く全長二百メートルほどの通りで、両側にはファストフードショップや居酒屋、ゲームセンター、携帯電話の販売店などがぎっしりと建ち並んでいる。雑然とした雰囲気だが、「若者の街・渋谷」を代表する通りということになっているらしく、テレビの街頭インタビューなどにも度々登場する。曜日や時間を問わず人通りが多く、特に夕方の混雑はすごい。今日も三人が並んで歩くのは不可能なほどの人出だった。

すれ違う人々のほとんどが十代、二十代の若者。目につくのが制服姿の高校生で、似たようなデザインのナイロンのスクールバッグを肩にかけ、ほぼ全員が肩ひもに薄汚れたマスコット人形をぶら下げている。女は揃って膝上《ひざうえ》どころかももも上丈の超ミニスカート。隆盛を極めたルーズソックスは減り、濃紺のシンプルなハイソックスをはいている子が目立つ。

彼女たちの流れを堰《せ》き止めるように通りの真ん中に、ビラやティッシュ配りの若者が立ち、その遥《はる》か後方、通りの両端には、ダークスーツに手入れの悪い茶髪のロン毛、黒い肌の男たちがいる。揃って手ぶら。力の抜けただらしない恰好《かっこう》で突っ立っているが、視線は鋭く行き交う女たちを見つめ、時折追いかけていっては胡散臭《うさんくさ》い笑顔で声をかける。

「あれがナンパ師なの？」

男たちを眺めて訊ねると、犬マンは首を横に振った。

「あれはキャッチセールス。ああやって声かけて、近くの事務所に連れ込んで化粧品とか美顔器みたいなのを売りつけるんです。通りの入口周辺は、昔からキャッチセールスとかキャバクラのスカウトマンのシマで、ナンパはできないんです」

「そんなシマ分けがあるの？」

「主《おも》だった通りには全部ありますよ。例えば公園通りだと、丸井の前の交差点。あのあたりもキャッチセールスのシマ。ナンパなんかしたら、確実にボコられますね」

渋谷の街は何百回と歩いているが、そんな色分けがされているとは知らなかった。

通りを五十メートルほど進み、犬マンが足を止めた。

「このへんからナンパ師のシマです。もう何人か来てますけど、大和はいないみたいですね」

塩谷さんと二人で通りを見回したが、人が多すぎてよくわからない。

すると、男が一人道端をこちらに向かって歩いてきた。歳は犬マンよりやや上。小太りで顎ヒゲを生やしている。テーラードのコットンジャケットにプレスされたBDシャツ、しかしボトムスはグレイのスウェットパンツという、やる気があるのかないのかよくわからないコーディネートだ。

男は私たちの目の前で、デニムのミニスカートをはいた若い女に話しかけた。

「すみません。ナンパなんですけど」

からりと明るい、酒屋の御用聞きのような口調だった。表情はとぼけた笑顔、魅力はないが、代わりにキャッチセールスの男たちのようなギラついた野心も感じられない。

女は顔を上げ、驚いたように立ち止まった。

「そうですか」

確かに他に答えようがない。すかさず男が続ける。

「これから買い物？　なに買うの？」

「え、服とか」

戸惑いながらも答えた。長い髪を頭のてっぺんでルーズに結っている。目の下がぷっくりと膨らんだ愛らしい顔立ちだが、視線の焦点が今ひとつ定まっていない。

「一緒に選ばせてよ」

「え〜、恥ずかしいし。だめ」

「じゃあ、終わったらカラオケに行かない？　気が向いたらでいいからさ。とりあえず携帯の番号教えてよ。メアドでもいいよ」

軽いノリのたたみかけるような早口。犬マンが美玖と話していた時と同じだ。女はほんの一瞬考えるような顔をした後、

「気が向いたらだよ？」

と念押ししながら自分のメールアドレスを告げ、歩き去った。

「きっかり四十秒」

塩谷さんが言った。見ると腕時計を覗いている。声かけから連絡先を聞きだすまでの所要時間を測定していたらしい。

声をかける方はもちろんだが、かけられる方も慣れたものだ。簡単にアドレスを教えるのには驚いたが、いつでも着信拒否できるという安心感があるのだろう。

私が感心していると、犬マンはスウェットパンツの男に声をかけた。

「Kスケ君」

「大《マサル》さんじゃないですか」

男が驚いたように声をあげた。マサルは犬マンの本名だ。

「久しぶり。見てたよ。腕上げたじゃん」

犬マンが笑顔で言うと、Kスケと呼ばれた男は背筋を伸ばし、頭を下げた。

「ありがとうございます」

「悪いんだけど、みんなを集めてもらえるかな。訊きたいことがあるんだ。あ、この人たちは俺の今のボス。晶さん、こいつKスケ。俺の昔のナンパ仲間」

思い出したように振り返り、犬マンが紹介した。

「Kスケです。現役時代のマサルさんには、いろいろ教えていただきました」

私たちにぺこりと頭を下げ、Kスケはどこかに走り去った。

「ナンパ仲間ってなに？」

「毎日同じ場所に同じ目的で立ってるから、いやでも顔見知りになるんですよ。初めは挨拶程度だけど、そのうち情報交換したり、飲みにいったりして仲間がどんどん増える。初心者にコツを教えたり、仲間同士で協力し合ってナンパすることもありますよ」

「女の取り合いとかにはならねえのか？」

今度は塩谷さんが訊ねる。

「それも込みで楽しいんですよ。女の子がどっちを選ぶか賭《か》けたり、声かけた子の数や、聞きだした携帯番号の数を競ったりして。飲み会の場所に、ナンパした女の子を見せびらかしにくるやつまでいますよ」

世の中には、こちらが思いも寄らないものをツールに親睦《しんぼく》を深める人たちがいるらしい。

間もなく、Kスケが男を数名連れて戻ってきた。犬マンは一人一人と腕を高く上げ手のひらを叩き合うという、見ている側はどうにも恥ずかしい挨拶を交わした。

平均年齢二十三、四歳といったところだが、中には十代と、どう見ても三十すぎの人もいた。服装もバラバラで、ジーンズにスニーカーはもちろん、上下白ジャージのヤンキー系、茶髪ロン毛にダークスーツのホストファッションもいる。その統一感のない男たちが犬マンを囲み、夕暮れの道端で和《なご》やかに談笑している。不思議な光景だった。

「ちょっと大和に用があって来たんだけど、誰か見なかった?」

犬マンの言葉に、男たちは意味ありげに目配せし合った。

「どうかしたのか?」

「あいつ、なにかやらかしたんですか?」

太いジーンズをはき、ベースボールキャップを斜《はす》にかぶったBボーイファッションの男が訊き返した。

「どういう意味？」

「ここ一週間くらい顔を見せないと思ってたら、あいつのことを捜し回る連中が現れたんです。居場所とかなにか聞いてないかとか、渋谷じゅうのナンパ師に訊いてますよ」

「どんな連中？」

「若いのが一人とオヤジが二人。見ためはスーツ着た普通のサラリーマンなんだけど、妙に目つきが鋭いし、しつこく訊き回ってるみたいなんで気になってたんです」

　私は塩谷さんと顔を見合わせた。何者だろう。すると、犬マンが質問を変えた。

「じゃあ、大和がストナンやめてクラナンに宗旨替えしたって話は聞いてない？」

「いや。聞いてないですよ」

　Ｋスケが答え、犬マンはさらに質問を続けた。

「誰かあいつからＮＰした子の話を聞いてないかな。二週間くらい前に即撃ちして、スト10《ジュウ》レベルなんだけど」

「聞いてないな。大和のことだから、そんな子を撃ったらすぐに自慢するはずですけどね。なにしろ『スト6《ロク》以下は声かけに成功しても、即放流』っていうのが口癖だから。俺なんか、スト2《ニ》レベルでも大喜びなのに」

　ホストファッションの男が答え、みんなで一斉に笑った。私と塩谷さんはそれを呆然《ぼうぜん》と眺めていた。交わされた会話の意味が、ほとんど理解できなかったからだ。

ナンパ師たちと別れ、再びタクシーに乗った。今度の行き先は幡ヶ谷《はたがや》だ。ナンパ師の一人が、大和の自宅を知っていた。

行く道々で、先ほどの意味不明の言語を解説してもらった。ナンパ師同士が使う隠語で、ストナンはストリートナンパ、つまり路上でするナンパを意味し、クラナンはクラブでするナンパを指すそうだ。さらにNPはナンパの略で、即撃ちは相手と会ったその日のうちにセックスすること、放流は声をかけたものの趣味じゃなかったり、反応が悪い場合にその場から立ち去ること、らしい。そして面白かったのが「スト○」という表現で、早い話がナンパした女の子の点数だ。スト1《イチ》が最低ランク、最高ランクのスト10は「一年に一人出会えるかどうかのかわいい子」を指すそうだ。ストはストナンの略なので、これがクラナンの場合、表現はクラ1、クラ2と変化する。

この他にもガンシカは声かけした女の子に完全に無視されること、TMGはTEL・MAIL・GETの略で電話番号とメールアドレスを聞きだすこと等々、全部で百近い隠語があるそうで、塩谷さんと二人、ただただ感心して聞いていた。

「大和のことを捜し回ってる連中って何者だろう。写真の一件と関係あるのかしら」

車が山手通りから甲州街道に入った頃、私は言った。

「タイミングから考えてそうだろうな。後は、大和がどうやって美玖ちゃんの素性《すじよう》を知ったのかも気になる。やつが政治家に詳しいとは思えねえしな。お前はどう思う？」

塩谷さんの問いかけに、犬マンは静かに答えた。

「俺が引っかかってるのは、もっと基本的な問題です」

「どういう意味だ？」

「大和が美玖ちゃんをナンパした場所がセンター街じゃなく、クラブだったたってことですよ」

「そういえばさっき、大和がクラナンに宗旨替えとか訊いてたな。そのことか？」

「ええ。ナンパ師はストナン派とクラナン派に分かれてて、声のかけ方も話を進めるプロセスもまるっきり違います。根っからのストナン派の大和が、突然クラナンするなんて変ですよ」

犬マンは窓ガラス越しにじっと街を眺めている。すっかり日が暮れ、街道沿いの商店の明かりが歩道を行き交う人のシルエットを浮かび上がらせていた。

「でも、美玖ちゃんをナンパしたのは大和で間違いないんでしょう？」

私はシートから身を乗り出した。犬マンが頷く。

「ええ。だから理由があるんでしょう。ストナン派の大和がクラナンをした理由が。俺には、それがすごく大事なことに思えるんです」

大和のアパートは、六号通り商店街からほど近い場所にあった。鉄筋二階建ての小さな建物で、蛍光灯の明かりに照らされた狭い廊下に沿って、えんじ色のドアが等間隔に並んでいる。大和の部屋は二階の真ん中だった。

「大和って、なにをやってる人？」

コンクリートの階段を登りながら私が訊ね、犬マンは答えた。

「フリーターって聞いてますよ。どのバイトも、あんまり長続きしないみたいだけど」

部屋の前まで行き、チャイムのボタンを押した。返事はなく、ドア脇の明かり採りの奥は真っ暗だ。犬マンがノブをつかんで回すと、かちりと硬い音がしてドアが開いた。

三人で顔を見合わせた後、恐る恐る玄関に入った。

私が手探りでスイッチを押し、天井の蛍光灯が点《とも》った。六畳ワンルームの全容が目の前に広がる。

「ヤバい」

犬マンがつぶやいた。

室内はめちゃくちゃに荒らされていた。衣類、ＣＤ、雑誌、ゲームソフト、食器、食料……フローリングの床に、押し入れや本棚、タンス、冷蔵庫に収納された品々が引っ張り出され、ぶちまけられ、無惨に破壊されている。壁際に置かれたシングルサイズのソファベッドも表面をナイフのようなもので切り裂かれ、あちこちから白いウレタン材が飛び出している。クッションや枕《まくら》、布団、ダウンジャケットなどの衣類も同様に切り刻まれ、パンヤや羽毛が室内を雪のように舞っていた。

「壮観だな」

犬マンに続き、室内に入りながら塩谷さんがコメントした。二人とも土足のままだ。

「なによこれ。泥棒？」

しばし迷った挙げ句、私も土足のまま、しかしつま先立ちで部屋に上がる。

「だとしたら、物の価値がわからねえやつだな」

私の足元を凝視して、塩谷さんが言った。見ると、GAPのトレーナーとカップ焼きそばの間に、オメガの腕時計が転がっている。その横の、毛玉だらけのセーターの上にはクロムハーツのゴールドリングとブルガリのバングルもあった。すべてピカピカの新品、最近入手したばかりのものらしい。床を埋めつくすカジュアルかつリーズナブルな品々の中で、その三アイテムだけが明らかに浮いていた。

ふいに犬マンが床の上に座り込み、顔をしかめた。

「よくわかんねえけど、めちゃめちゃいやな予感がする。この事件、絶対ヤバいですよ」

私も、恐らく塩谷さんも同じ気持ちだった。

オーナールームに着くと、憂夜さんとなぎさママが待っていた。

「じゃあなに、あたしたち以外にも、美玖ちゃんの写真を捜してるやつらがいるってこと!?」

代々木上原、センター街、幡ヶ谷での経過を報告すると、なぎさママは言った。応接ソファの真ん中に腰かけ、憂夜さんにサーブさせながらワインを飲んでいる。

「たぶんよ、たぶん。塩谷さんの推理ではそうなるらしいの」

私はフォローを入れた。ママに血走った目を向けられ、塩谷さんはこう説明した。

「部屋の荒らされ方からして、犯人が捜してたのはメモリーカードである可能性が高い。渋谷で大和のことを訊き回ってるのも、恐らく同じ連中だろうな」

オーナーデスクの椅子に座り、脚を机上に投げ出すといういつものスタイルでくつろいでいる。

デジタルカメラのメモリーカードにはいくつかの種類があるが、どれも切手ほどの大きさで、厚さも三ミリ前後しかない。

「だとしたら、そいつらにメモリーカードを盗《と》られちゃったかもしれないじゃない。やめてよ、冗談じゃないわ」

「大丈夫です」

クールに答えたのは、犬マンだ。

「さっき電話でKスケ君に確認したら、相変わらず大和のことを訊き回ってる連中が街をうろついてるそうです。大和もメモリーカードも、まだ見つかってないって証拠でしょ？」

ママは大きくため息をついた。

「話を整理しましょ。謎《なぞ》は二つってことよね。一つめは、ストナン派の大和がどうして美玖ちゃんをクラナンしたのか。二つめはスーツ姿の男たちの正体。何者で、大和と写真を捜している目的はなにか」

「もう一つ追加して」

私が挙手し、みんながこちらを見た。

「そもそもその連中は、どこで美玖ちゃんの写真の存在を知ったのか。おかしいわよね？　写真の件は小金澤さんとご家族、秘書の望月さん、ここにいるみんな、後は大和しか知らないはずだもの」

「確かにそうですね」

憂夜さんが頷く。塩谷さんは話をまとめた。

「決まりだな。謎は全部で三つ。それを解いていけば写真も大和も、男たちの正体も見えてくる」

「Kスケ君たちにも協力してもらいますよ。あいつらは信用できますから」

犬マンが前向きな提案をしたところで、なぎさママはバッグをつかんで立ち上がった。

「とにかく頼むわ。小金澤さんには、あたしから報告しておくから」

ドアに向かい、歩き始めた背中に塩谷さんが問いかける。

「ところでママ」

「なによ」

「小金澤区長とは部活の先輩後輩って言ってたけど、何部だったんですか？」

「私も訊こうと思ってたの。確か副将がどうとか言ってたけど、どういう意味？」

私も訊ねる。ママは頬をゆるめてにっこりと笑い、思わせぶりに訊き返した。

「知りたい？」

二人で激しく頷くと笑顔のまま、

「じゃあ、とっとと写真を見つけなさい。そうしたら教えてあげる」

と言い渡し、八センチヒールの音を響かせながらオーナールームを出ていった。

Johnnyの『ジェームス・ディーンのように』の着メロで目が覚めた。時計を見ると午前十一時すぎ。あれから簡単な打ち合わせをして家に帰り、その後十時間近く寝ていたことになる。寝ぼけながら、枕の下の携帯電話を引っ張り出した。

「もしもし」

「犬マンです。今いいですか？」

「おはよう。どうしたの？　なにかあった？」

「井ノ頭通《いのかしらどお》りのプロントにいるんですけど、ちょっと出てきてもらえませんか」

声は落ち着いていたが、なにかを話したくて、聞いてもらいたくて仕方がないという気配が伝わってくる。

「わかった。四十分で行く」

すばやく答えて電話を切り、起き上がった。

井ノ頭通りは渋谷センター街と並行して走る通りで、建ち並ぶ店も人通りも道幅も似ているがセールスマンやナンパ師の類《たぐい》はほとんどいない。車の通りが激しい上に歩道が狭いからだ。気を抜いて歩いていると、あっという間に車道にはじき出され、急停車した車にクラクションを浴びせられる。

プロントは通りに入ってすぐ、映画館の隣にあった。カウンターで買ったコーヒーを片手にフロアに進むと、喫煙席で犬マンが立ち上がった。同じテーブルにKスケもいる。向かい合って座るなり、犬マンは話し始めた。

「さっそくKスケ君たちが、渋谷じゅうのナンパ師から大和について話を聞いてくれました。意外なことがわかりましたよ」

「意外なことって？」

「大和のやつ、ナンパした女の子をハメ撮りして、写真を投稿写真雑誌に売ってたんです」

Kスケが答えた。興奮で、鼻の穴が広がっている。

「投稿写真雑誌？」

「素人が投稿した、ハメ撮り写真ばっかりを載せた雑誌のことです。晶さんを待つ間に何冊か買っておきました」

犬マンが、テーブルにどさりと雑誌を載せた。どれもB5判で百六十ページほど。表紙では《絶頂投稿》《愛写倶楽部《クラブ》》《ぴーち★スタジオ》等々のタイトルのもと、いまいちあか抜けないルックスの女の子が、ビキニまたはセーラー服姿で微笑んでいる。

一冊を手に取りページを開いたが、すぐに閉じて左右を見回し、テーブルの下に隠して改めて読み始めた。隣のテーブルでは昼休み中らしい若いOL四人組が、クロワッサンサンドを食べながら和やかに談笑している。

各ページに、三センチから十センチ四方くらいのカラー写真が十枚ほど並んでいる。被写体はもちろん女。年齢は十代後半からどう若く見ても四十代後半と幅広いが、全員全裸。カメラの正面に腰をおろして両膝を立て、大きく股《また》を開くというポーズと、壁やベッドに手をついて尻を突き出すというバックポーズが多い。ペニスをくわえているところや、挿入シーンを撮影したものもあった。加えて、射精した精液が女の子の顔面にかかっているものや、トイレや風呂場での放尿シーンまである。ヘアや乳首はもろ出し。

両目と股間《こかん》には黒い線かモザイクが入っているがごく薄く、性器のシルエットや色がわかるものも多い。場所のほとんどはラブホテルだが、車の中や屋外で撮影している強者《つわもの》もいた。区長の家のポストに放り込まれた美玖の写真も、恐らくこの手のものだろう。区長が脳卒中や心筋梗塞《しんきんこうそく》の発作を起こさなかったのは、不幸中の幸いだ。

写真の横の表には投稿者とモデルのペンネームと年齢、撮影場所、デジカメ・フィルムカメラなど撮影機材の種類が記載され、その下に投稿者、編集部の順でコメントが添えられている。例えばこんな感じだ。『いつも掲載していただき、ありがとうございます。恋人のレイカと温泉に一泊旅行に行った時の写真です。ナース服でのコスプレ、バイブ責め、穴あきパンティーでのファックを楽しみました。次回はいよいよアナルに挑戦しようと思います。いい写真が撮れたら送りますので、よろしくお願いします』『編集部：小ぶりながらもハリ抜群のメロン・オッパイが最高。クリ責めで喘《あえ》ぎまくる表情も秀逸です。次回挑戦のアナルファックにも期待度絶大級!!』

どれも文章が妙に丁寧なのが笑えるが、それだけに投稿者のほとんどはごく普通に社会生活を営むまっとうな人たち、というのが伝わってくる。出版の世界で仕事を始めて十年ちょっと経つが、こういう雑誌の存在は知らなかった。

「肛門《こうもん》には、モザイクをかけないのね。猥褻物《わいせつぶつ》には当たらないってこと？」

よく日に焼けた尻をモデル自ら両手でつかんで左右に引っ張り、剝き出しになった肛

門を正面から撮影した一枚を眺めながら言うと、犬マンは、

「晶さんらしい感想ですね」

と苦笑した。Kスケが説明を続ける。

「雑誌に投稿した写真が掲載されると、一枚当たり五千円くらいの謝礼がもらえるんですよ。大和はそれ目当てでナンパした子の写真を片っ端から撮っては、直接編集部に持ち込んでたらしいんです」

「相手の女の子たちは、みんな雑誌に載るのを承知してたのかしら」

雑誌の巻末ページを開きながら私は言った。トラブルを避けるためか、どの雑誌も掲載同意書を添付し、モデルになった女の子にサイン・捺印《なついん》をさせた上で写真と一緒に送るように義務づけている。

「だと思いますよ。あいつは口が上手《うま》いから、女の子を乗せるのも得意だし。無断で載せて問題になりそうになっても、金とかプレゼントとかでごまかしてたんじゃないかな」

「大和がどの雑誌に写真を売ってたかわかる?」

「たぶんこれです。ナンパ師の一人に、記事を見せて自慢してたそうです」

犬マンが雑誌の中の一冊、《ミルキィ写真館》をつかんで差し出した。表紙を裏返すと、発行元は東亜図書出版。名前は堅苦しいが、聞き覚えのない会社だ。住所は品川区西五反田《にしごたんだ》となっている。

「《ミルキィ写真館》の編集部に行ってみるわ。手がかりが得られるかも」

「大丈夫ですか？　こういう雑誌ってガードが堅くて、よほどのことがないと投稿者やモデルについて教えてくれないらしいですよ」

「まあ、任しておいて」

私は携帯電話を出し、番号をプッシュした。


東亜図書出版は五反田駅からほど近い、第二京浜と山手通りの交差点の裏手にあった。古く小さいながらも鉄筋四階建て、しかも自社ビルだ。エレベーターの中で各フロアの案内板を見ると、《ミルキィ写真館》の他にアダルトビデオの情報誌、ＡＶ女優の写真集、加えて女性向けのボーイズラブ小説の文庫シリーズも出している。

二階で降りると、狭い廊下を挟んですぐ正面にドアがあった。低い天井に蛍光灯の明かりが煌々《こうこう》と点る広い部屋で、壁際は全て本と書類が詰まった棚とコピー機でふさがれ、フロア中央に向かい合わせに置かれたスチールの机の列が二つ並んでいる。仕事中の編集者たちは、二十代後半から四十代前半。数は少ないが女もいる。ＢＤシャツかポロシャツにチノパン、女はパンツスタイルで長い髪をヘアクリップかバレッタでまとめている人が多い。それぞれの机の上にはパソコンの液晶ディスプレイとキーボード、電話が置かれ、その間に文房具類が散乱している。机の両端には雑誌や書類の束が危うい均衡《きんこう》を保ちながら積み上げられていた。ライターの仕事で何十回と目にした光景だ。健康実用書でも投稿写真雑誌でも、出版社の編集現場はどこも似たような雰囲気になるようだ。

手前の列が《ミルキィ写真館》の編集部らしく、天井から先ほど渋谷で見たばかりの表紙が印刷されたポスターが垂れ下がっていた。手前の席の女に声をかけると、すぐに奥のデスクから男が出てきた。私とほぼ同世代。バブル期に流行したストレートの茶髪を真ん中で分けてサイドに流すヘアスタイルで、左手の薬指には真新しいプラチナの指輪が光っている。男は、私を入口近くの打ち合わせスペースに案内した。

「雑誌の内容をご存じの上で、おいでになったんですよね？」

向かい合って座るなり、怪訝《けげん》そうに私の全身に視線を走らせた。交換した名刺によると、男の名は久保田《くぼた》。《ミルキィ写真館》の副編集長らしい。私は力強く頷いた。

「もちろんです」

「高原さんは、これまでどんなお仕事をされてきたんですか？」

お約束の質問を投げかけられたので、バッグから分厚いファイルを出して渡した。中には、これまで私が書いた雑誌や企業のＰＲ誌などの記事をスクラップしたものが収められている。いわば履歴書代わりで、売り込みには欠かせない道具だ。さらに、

「ここ数年は、健康実用書の原稿を書いています。これは、最近刊行されたものです」

とつけ加え、『前立腺の病気がわかる本』と『痛風を治す本』をテーブルに載せた。

久保田はますます訳がわからないという顔になり、本を手に取って眺めている。

私はライターの売り込みという名目でここにやってきた。フリーのライターやカメラマンが、自分で編集部にアポイントを取って営業に行くのは珍しいことではない。編集部の方でも常に新しい人材を求めているので、よほどの事情がない限りは会ってもらえる。ただし健康実用書のライター、しかも女がいきなり投稿写真雑誌の仕事をしたいという設定には、少々無理があったかもしれない。

久保田は本を私の前に押し戻して言った。

「うちの雑誌は独特のノリがあるので、それに合わないと仕事をするのはきついと思うんですよ。あとは」

言葉を切り、遠慮がちにこう続けた。

「読者の平均年齢が二十代後半から三十代前半なんです。なので、ライターさんもそのあたりの方をメインにお願いしてるんですよね」

早い話が「うちの仕事をするには、あんたは歳を取りすぎてる」ということだ。こういう理由で仕事を断られるのも、珍しい話ではない。言葉は、残酷なほど書き手のセンスや感覚の新旧を映す。歳を取ると必ずしも言葉の感覚が古くなるという訳ではないが、選べる立場なら、より読者に近い人間に記事を書いてもらいたいと思うのは当然だ。

私はがっかりという表情を作り、うなだれてから返した。

「そうですか。残念です。せっかく大和君が薦めてくれたんだけど」

「大和君？　大槻大和君のことですか？」

「ええ。ご存じですか？」

「もちろん。うちの編集部の有名人ですよ。高原さんとは、どういうご関係なんですか？」

「友達の友達みたいな感じです。こちらの編集部のことも、彼に教えてもらったんです」

解釈の問題でウソはついていない。

「なんだ、そうなんですか。大和君は〝モイチ〟ってペンネームで、昔から毎号のように写真を投稿してくれてたんですよ。でも女の子のレベルがずば抜けて高いし、写真も巧いので、編集者が直接対応するようになったんです」

話がいい流れになってきた。私はさりげなく本題を切り出した。

「最近はいつ頃来ましたか？」

「あれはいつだったかな。おい、坂巻《さかまき》君」

久保田が振り返って叫ぶと、鼻ピアスをして二の腕に梵字《ぼんじ》のタトゥーを入れた若い男が顔を出した。彼が大和の担当らしい。

「このまえ大和君が来たのって、いつだっけ？」

坂巻という男は、壁に貼《は》られた印刷会社のカレンダーを見て答えた。

「先週の水曜ですね。会議があった日だから」

私は簡単に自己紹介をし、坂巻に冗談めかしてカマをかけた。

「大和君って、最近感じが変わったと思いません？」

「なんでそう思うんですか？」

私を見る目に、警戒と不安の色が浮かぶ。間違いない。なにか知っている。

「特に理由はないんですけど。変なことを言ってごめんなさい。たぶん気のせいです」

とぼけて話を切り上げようとすると、慌てて坂巻が乗ってきた。

「いえ、僕もそう思います。彼、変わりましたよね」

「どのへんが？」

「先週ここに来た時、ブランドものの時計とかアクセサリーを身につけてたんですよ。まえに会った時には、『バイトをクビになって金がない』ってぼやいてたのに。訳を訊いたら、『ちょろい仕事で小金が入るあてができたから、カードで買った』って言ってました」

ゆうべアパートで見たブランドグッズだ。落ち着け。自分にそう言い聞かせ、質問を続けた。

「ちょろい仕事って？」

「さあ。それより、その後が変なんですよ。いつもみたいにデジカメで撮った写真を自分でプリントアウトしたものを五、六人分持ってきてたんですけど、僕がチェックしてたら突然一人の子の写真だけ返せって言いだしたんです」

私は慌ててバッグから美玖の写真を取り出した。

「ひょっとしてこの子ですか？」

「ええ、そうです。間違いありません。でも、なんであなたが持ってるんですか？」

「知り合いの知り合いなんです」

これもウソではない。私はたたみかけるように、さらに質問した。

「他にはなにか言ってませんでしたか？」

「顔もボディも文句なしに綺麗な子だったから惜しくてずいぶん引き留めたんだけど、大和君はがんとして聞き入れませんでした。で、最後には謝礼の額を上げるって言っても、『そんなはした金じゃ売れない。この子にはフェラーリ一台分の価値がある』って言い残して出ていっちゃったんです」

「ちょろい仕事で小金が入る」が、ほんの数分後に「フェラーリ一台分の価値」。頭の中で、おぼろげな輪郭《りんかく》しか見えなかったなにかがはっきりと一つに像を結び、姿を現そうとしていた。

「写真をチェックしている間、大和君はどこにいたんですか？」

するとと坂巻は、私を指して答えた。

「そこです。今あなたが座っている席にいました」

改めて周囲を見回し、テーブルの横に箱形の小さなマガジンラックがあるのに気づいた。中には、表紙のめくれ上がった雑誌が数冊突っ込まれている。

「この雑誌、大和君が来た時と同じ状態ですか？」

今度は久保田に向かって訊ねた。

「ええ、たぶん」

「見せてもらってもいいですか？」

「構いませんけど、でも、どうして」

「ありがとうございます」

強引に会話を打ち切り、腕を伸ばしてラックの雑誌をテーブルに載せた。他社の投稿写真誌と成人コミック雑誌、エンターテインメント情報誌、中年サラリーマン向けの週刊誌がそれぞれ数冊ずつあった。

「見つけた」

雑誌をチェックし始めて約三十分後、私はそうつぶやいてガッツポーズを決めた。久保田と坂巻は自分のデスクに戻り、気味の悪そうな顔でこちらをちらちらと見ている。

開いているのは、週刊誌の先週号。その中ほどに「家族の肖像」という連載ページがある。ポートレート写真で有名なカメラマンが、独自の感性で選んだ各界著名人の家族写真を撮影するというものだ。そして先週号で被写体となったのは、「渋谷区長・小金澤龍彦《たつひこ》氏と綾子《あやこ》夫人、一人娘の美玖さん」。中央に置かれた椅子に丸首のスーツを着た品のよさそうな中年女性が腰かけ、その背後に背広姿の区長とブレザーの制服を着た美玖が立っている。区長は相変わらず堂々としたダンディぶりだが、美玖は露骨に不機嫌そうだった。かろうじて口元に笑みは浮かべているが、抜きすぎた眉毛の下の目は「親がなにやってるかとか、全然関係ないよ」とでも言いたげにレンズを睨《にら》んでいる。

大和はなにも知らずに美玖をナンパして、いつものようにハメ撮りし、編集部に持ち込んだのだろう。しかし、写真をチェックしてもらっている間に偶然この雑誌を目にし、美玖の〝商品価値〟に気づいたのだ。そして瞬時にそれを金に換える計画を思いつき、写真を取り返して飛び出していったのではないだろうか。

「ひょっとして、大和君はなにかの事件に巻き込まれているんですか？」

帰り支度をしていると、坂巻が話しかけてきた。

「どうしてそう思うんですか？」

「大和君が来た二、三日後なんですけど、僕が夜中に一人で残業してたら、彼のことを訊きにきた人がいるんです」

「どんな人ですか？」

「男性が三人です。一人は若くて、二人は中年。大和君の行きそうな場所はどこかとか、友達を知らないかとかしつこく訊いていきました」

「その人たち、ひょっとしてスーツを着て、ちょっと目つきが鋭かったりします？」

坂巻は勢いよく頷いた。

「はい。その通りです」

やっぱり。心の中でつぶやいた。渋谷で大和を捜し回り、部屋を荒らした連中が、ここにも現れていたのだ。

「大和君が持ち込んだ写真のことも訊かれたんで、一人の写真だけ取り返して出ていった話をしました。そうしたら、その人たちも血相変えて飛び出していっちゃったんです。だから僕、心配で」

細い眉を寄せ、坂巻は目を潤ませた。ナリは派手だが、表情にはまだ幼さが残っている。

「他にはなにか言ってませんでしたか？」

「帰り際に、大和君から連絡があったら必ず知らせるようにって、名刺を置いていきました」

「見せてください」

強い口調で言うと、慌ててジーンズのポケットから黒革にシルバーのスタッドが打たれた名刺入れを取り出し、一枚を抜いてこちらに渡した。

淡いグレイの横型の名刺で、左半分に英語の社名ロゴマーク、右半分に小さな文字で『㈱帝都興業《ていとこうぎょう》　プロジェクト準備室室長　有賀悟郎《ありがごろう》』と印刷されていた。住所は渋谷区渋谷二丁目となっている。

「帝都興業？　なにをしてる会社ですか？」

「さあ。でも、すごく怖そうな名前ですよね」

坂巻は首を傾《かし》げ、すがるような目でこちらを見た。

美玖の写真を捜し、大和を追っているのは帝都興業という会社の人間だった。しかし、肝心なことが見えてこない。帝都興業の正体がなにで、なぜ大和を追うのか。さらに大和が美玖の写真を撮ったことと、投稿写真雑誌に持ち込んでいたことをどうやって知ったのか。

東亜図書出版のビルを出てすぐに、憂夜さんに連絡をした。indigo に戻ると、みんながオーナールームに顔を揃えていた。

「帝都興業ですって？」

私が報告を終えるなり、なぎさママはすっとんきょうな声をあげた。

「知ってるの？　どんな会社？」

「カラオケボックスを経営してる会社よ。センター街とか歌舞伎町に店を出してる。でも、カラオケっていうのは名前だけで、薄暗い照明で床にはデカいマットレス、みたいなラブホテルまがいの部屋ばっかりなのよ。ホテルに行くより安いから盛りのついたガキどもにはウケてるみたいだけど、売春とか麻薬の売買なんかに利用する連中もいて、問題になってるらしいわよ」

「そういえば、そんな話を聞いたことあるな」

塩谷さんが言った。オーナーデスクに座り、脚を机上に投げ出すというういつものスタイルだ。私とママ、犬マンはソファに座り、憂夜さんはその傍らに背筋を伸ばして立っている。

「でも、どうしてカラオケボックスの会社の社員が美玖ちゃんの写真を捜すの？　写真を手に入れて、どうするつもりなのかしら」

「知らん」

塩谷さんがそっぽを向き、ママと犬マンも首を傾げた。憂夜さんは厳しい顔で考え込んでいる。突然、オーナールームのドアが開いた。

「マサルさん。どデカいネタをつかみました！」

Kスケだった。無精ヒゲの生えた頬を紅潮させ、鼻の頭には汗が浮かんでいた。背後に、背の高い痩せた男を伴っている。

「ちゃんと聞くから、落ち着いて話せ」

勢いよく部屋に駆け込んできたものの、興奮のあまり言葉が出てこないKスケを、犬マンが静かに諭した。Kスケは頷き、大きく深呼吸してから話しだした。

「大和が美玖ちゃんをNPする一週間くらい前に、ハヂメちゃん、あ、こいつのことなんですけど」

親指で背後を指す。

「ハヂメです。公園通りでナンパ師やってます。マサルさん、お久しぶりです」

ハヂメが頭を下げた。茶髪の毛先を逆立て、黒い革ジャンにスリムのブラックジーンズ。足元は今時珍しい白黒コンビのラバーソールだ。

「ハヂメちゃんが公園通りで男に声かけられて、『バイトをしないか。こっちが指定した女をクラブでナンパして、ハメ撮りした写真を雑誌に売り込むだけで百万円やる』って持ちかけられたそうなんです」

「まさかその女って」

「美玖ちゃんです。ハヂメちゃんに写真を見せて確認したから、間違いないです」

「あんた、まさかその話に乗ったんじゃないでしょうね」

ドスを利かせまくった声で言い、ママはハヂメを睨みつけた。恐れをなしたハヂメは、慌ててKスケの後ろに隠れる。

「すみません！　一度は乗って、クラブで美玖って子に声をかけました。でも俺、クラナンするのは初めてでノリがつかめなくて、一緒に踊ってる途中で『トイレに行く』って逃げられちゃったんです。だからハメ撮りどころか、手も握ってません。マジです！」

「ひょっとして美玖ちゃんが、『ミュージシャンみたいなカッコしてるくせに、ダンスが異常に下手でリズム感ゼロ』って話してたナンパ師って、お前か？」

犬マンが訊ねると、ハヂメは決まり悪そうに俯《うつむ》いた。

「たぶん」

左耳には、シルバーのリングピアスが三つ縦並びにぶら下がっている。ママが立ち上がった。

「ねえ。ハヂメに声をかけた連中は、次に大和に話を持ちかけたんじゃない？　大和が言ってた『ちょろい仕事』って、きっとこのバイトのことよ」

犬マンが勢いよく頷いた。

「ええ。それなら大和がクラナンしたのも説明がつく」

「まだ続きがあるんです」

Kスケが割って入った。

「ハヂメちゃんに声をかけてきたのも、スーツ姿の三人組なんです。若いの一人にオヤジが二人。絶対大和のことを捜し回ってるのと同じ連中ですよ。その中の一人が、連絡用にハヂメちゃんに名刺を渡してるんです」

そう言って、ポケットから紙片を取り出した。淡いグレイの横型の名刺で、左半分に英語のロゴマーク、右半分に小さな文字で社名と名前が並んでいる。それを見た私と犬マンは叫んだ。

「帝都興業！」

ほんの一時間ほど前に《ミルキィ写真館》編集部で目にしたものと同じ、プロジェクト準備室室長・有賀悟郎の名刺だった。

「でも、大和は帝都興業から逃げてるのよね？　なんでだっけ？　やだ、頭が痛くなってきたわ。誰か話を整理して」

なぎさママが、不自然なほど肌の張りと艶のいい頬を深紅のマニキュアで彩られた指先で押さえた。

「仕方ねえなあ」

俺の出番とばかりに塩谷さんが短い脚を机から下ろし、進み出た。

「帝都興業の連中は事前に美玖ちゃんの行きつけのクラブを調べ、最初はハヂメに、失敗すると今度は大和に話を持ちかけてナンパさせ、ハメ撮りした写真を雑誌に持ち込ませようと計画した。ここまではわかるな？」

塩谷さんが顔を見回し、みんなは一斉に頷いた。

「ところが、だ。編集部で偶然美玖ちゃんの素性を知った大和は、さっさと雇い主を裏切り、自分で区長から大金をせしめる作戦に変更したんだ。焦ったのは帝都興業の連中で、なんとか大和を捕まえて写真を取り上げようと血眼になってるって訳だ」

「なるほど。そういうこと」

ママが納得し、塩谷さんは自慢げに胸を張った。

「でも、帝都興業は美玖ちゃんの写真を雑誌に載せてどうするつもりだったのかしら。そもそもの目的はなに？」

私が疑問を投げかけると、横から、聞き慣れたバリトンボイスが響いた。

「それは私に説明させてください」

憂夜さんだ。

「小金澤区長は、大和の一件以外にもトラブルを抱えています。広尾六丁目の土地問題です」

「それならあたしも知ってるわ。アフリカのどっかの国の大使館跡地でしょ？」

ママが手を挙げた。

「小金澤さんはその土地を区で買い取って、地域のお年寄りのためのコミュニティセンターにしようと考えたのよ。地元の人たちも賛成して、区議会でも採択されたんだけど競売に負けて、土地は赤坂の不動産屋のものになっちゃったの。小金澤さんはそれでも諦《あきら》めずに土地を譲ってくれるように交渉してるんだけど、不動産屋は拒否し続けてるって話よ」

「そういえばママの店で小金澤さんに会った時も、土地の話をしてたわね。『やりかけた大きな仕事』って言ってたわ。でも、その話と今回の事件がどう関係するの？」

再び私が訊ねると、憂夜さんは話を続けた。

「みなさんが大和を追っている間に、私は知人の力を借りて、この土地問題について調べてみました。その結果、不動産屋に札束をチラつかせ、土地は区ではなく自分に売れと迫っている会社があることがわかったんです。その会社こそが」

私と犬マン、さらに今度は塩谷さんとなぎさママ、Ｋスケも加わって叫んだ。

「帝都興業！」

「はい。帝都興業は買収した土地に、カラオケボックスのビルを建てるつもりでいます。しかし、それを知った地元住民は猛反対。区長をリーダーとして、土地からの撤退を訴える運動を起こす準備を始めました。怒った帝都興業社長の墨岡《すみおか》は次期区長選に出馬し、選挙で問題にケリをつけようと考えたんです」

「墨岡？　あのスケベジジイが選挙に出る？」

騒ぎだしたママに、憂夜さんは重々しく頷き返した。右胸に、大きな唐草模様の刺《し》繍《しゅう》の入ったミッドナイトブルーのソフトスーツ。分厚い肩パッドがアメフトの選手のようだ。

「しかし、まともに戦ったのでは勝ちめはない。そこで美玖さんのスキャンダルを捏造《ねつぞう》し、写真が投稿雑誌に掲載されたら改めてマスコミにリークして、小金澤区長を失脚させる計画を立てたのでしょう。つまり今回の事件の黒幕は、墨岡ということです」

「確かにそれなら今までの謎は全部解けるし、集めた情報も一つにつながるわ」

私が言い、みんなも力強く首を縦に振る。憂夜さんは自分のオフィスから書類を一枚取って来て、こちらに差し出した。

「これが墨岡です」

数ヶ月前の週刊誌のコピーだ。さっきママから聞いた、ラブホテルまがいのカラオケボックスとその経営者を糾弾する記事で、中央にベンツに乗り込む墨岡の姿を写した写真がレイアウトされていた。顔にも体にもたっぷり肉がつき、それが全部下に垂れ下がっている。欲の塊《かたまり》といった風情《ふぜい》だ。加えて妙に目鼻立ちの整った美形の若者が数名、スーツ姿で墨岡を取り囲むようにして立っている。ボディガードのつもりなのかもしれないが、それにしては全員小柄で体つきも華奢《きゃしゃ》だった。

「あのジジイ、ふざけやがって！　こうなったら、なにがなんでも墨岡より先に大和をふん捕まえて、写真を手に入れてやるわ。晶ちゃん、どうすんの？」

目をギラつかせ、ママがすごんだ。

「脅迫状には、お金の受け渡しについては後日連絡するって書いてあったんでしょ？」

「ちゃんと連絡してきますかね」

　犬マンが首をひねった。

「くる。必ず。やつは帝都興業に追い込みをかけられて家にも帰れず、相当焦ってるはず。金を手に入れて高飛びしようと考え始めてる頃だ」

　そう断言したのは、塩谷さんだ。

「許せねえな」

　ぽつりと、細い声がつぶやいた。みんなの視線が声の主を追う。Kスケだった。

「ナンパなんて、世間のやつらからすればふざけたくだらないことかもしれない。でも、それをマジで、命かけてやるのがナンパ師のプライドなんです。なのに大和の野郎、セコい儲け話に乗りやがって」

　拳《こぶし》を固く握りしめ、スニーカーの踵《かかと》で床を蹴《け》った。

「大和は踊らされただけ。本当の敵は墨岡だ。やつは自分の薄汚い欲のために、ナンパ師を利用しようとしたんだ」

　犬マンが言った。淡々とした言葉の端々から怒りが滲《にじ》んでいる。すると、なぎさママが言った。

「あたしに任せて」

「どういう意味？」

私が訊ね、ママはソファに腰を下ろして芝居がかったポーズで脚を組んだ。

「墨岡に関しては、土地問題以外にもちょっとした噂《うわさ》を聞いてるの」

「どんな噂ですか？」

憂夜さんの疑問には答えず、ママはにんまりと笑った。

「とにかくあのジジイのことはあたしに任せて、みんなは写真を取り返すことに集中してちょうだい」

悪意と憎悪に満ち、それでいてひどく楽しそうな、童話に出てくる悪い魔女のような笑顔だった。


塩谷さんはいやらしい声を立てて笑い、肘《ひじ》で私の肩をつついた。

「見ろよ。顔色が赤から青に変わったぞ。まるで信号機」

「面白がってる場合じゃないでしょ」

言い返した後で、急に不安になってつけ足した。

「でも、あの人本当に大丈夫なのかしら。大和が現れる前に卒倒するんじゃない？」

左手前方約二十メートル。ぽつりと点った街灯の明かりの下に、コンクリート平屋建ての薄汚れた小さな建物がある。その前に、しゃれっ気ゼロのスーツに包まれた体を突っ張らせ、度の強い銀縁眼鏡の下半分を興奮と緊張で白く曇らせて立っている男が一人。

渋谷区長秘書・望月だ。指の関節が白くなるほど強く胸に抱きしめているのは、ぱんぱんに膨らんだナイロンのドラムバッグ。中身は現金三千万円也《なり》。

indigo で作戦会議を開いてから三日後、大和が連絡してきた。区長の自宅に宅配便で、プリペイド式の携帯電話を送りつけてきたのだ。「明日午後十一時にこの携帯を持って渋谷駅近辺で待機していろ。細かい指示は改めて電話する」と書かれたメモも同封されていた。当日、私たちは憂夜さんが手配してくれたワゴン車に乗り込み、渋谷駅前で連絡を待った。Kスケとその仲間たちは街の各ポイントで監視してくれている。

携帯電話が鳴ったのは、午後十一時三分すぎだった。応対した区長に大和は、「金を持って五分以内に宮下《みやした》公園の公衆便所の前に来い」と告げた。区長は金は使いの者に持たせる旨を告げ、私たちは公園に向かう車の中で大急ぎで作戦を立て、それぞれの持ち場に散った。私と塩谷さんの担当は、明治通りにかかる大きな歩道橋の上。設定は「夜景を眺め、年甲斐《としがい》もなくいちゃつく中年カップル」だ。歩道橋は、渡り切るとそのまま公園の入口の階段へとつながっている。階段には、パーカのフードを目深《まぶか》にかぶった男が体を丸めて寝転がっている。犬マンだ。足元には、なにが詰まっているのかよくわからないコンビニの袋が数個置かれていた。この公園の住人に化けているらしい。

平日の夜とはいえ、明治通りの人通りは多い。歩道橋も酔った若者のグループや、互いにしなだれかかるように身を寄せ合うカップルが、絶え間なく行き来している。しかし公園に入っていく人はほとんどなく、フェンスで囲まれた園内はしんと静まり返っている。宮下公園は公共駐車場の屋上を利用した古い公園で、山手線の線路に沿って、渋谷駅前からファイヤー通りの手前まで細く長く延びている。園内の両端には桜の木が植えられ、その下にベンチが並び、中央には水は出ないが噴水やブランコ、ジャングルジムなどの遊具も置かれている。しかし、ここ数年この公園の主となっているのは、ホームレスの人々だ。左右のフェンス沿いにスカイブルーのビニールシートで覆われたテントがびっしりと並び、樹木の間にロープを渡して洗濯物が干してあったり、テーブルの上に洗った食器が重ねてあったり、ゴミがきちんと分別されて出してあったりもする。目の前に明治通り、反対側には丸井や西武百貨店があり、眼下を着飾った若者が昼夜を問わず行き来する周囲の環境と比べると明らかに異質だが、これも渋谷の一つの顔だ。

ポケットの中で、携帯電話が振動を始めた。

「もしもし」

「どうなってんのよ。とっくに五分すぎたのに、大和は来ないいじゃない」

出たとたん、嚙《か》みつくようになぎさママが言った。

「焦らないでよ。きっと現れるから」

私は手すりから身を乗り出し、明治通りを見下ろした。歩道橋の柱の陰に濃紺のワゴン車が停《と》まっている。車内にはなぎさママ、小金澤区長、運転席では憂夜さんがスタンバイしているはずだ。

「あんたたちが待ち伏せしてるのが、ばれたんじゃないの？　そもそも塩谷ちゃんと晶ちゃんじゃ、どうがんばってもカップルには見えないもの。やっぱり、あたしと憂夜さんが行った方がよかったんじゃない？」

「そっちの方が百倍怪しいわよ。ちゃんと作戦通りにやるから、心配しないで待ってて。小金澤さんにもそう伝えてね」

　早口で言い、私は電話を切った。ママは今日一日情緒不安定で、ヒステリックに怒鳴り散らすかと思ったらおろおろと慌てだすの繰り返しだ。しかも、そのママをなだめているのが小金澤区長なのだから、本末転倒もいいところだ。

　また塩谷さんに肩をこづかれた。

「痛いわね。なによ」

　顔をしかめて睨むと、顎で公園の中を指している。左手、渋谷駅方向から人影が望月に近づいてくる。犬マンがぴくりと頭を上げ、体を起こすのが見えた。

　細身で長身、ややなで肩。黒いナイロンジャージの上下に、ニットキャップをかぶっている。すばやく階段の下まで移動して見上げると、望月と小声でなにか話しているのがわかった。街灯に照らし出された望月の顔は今や青から白に変わり、表情と呼べるものは失われている。犬マンは足音を忍ばせて階段を登り、二人の背後に回った。犬マンに大和を説得してもらい、難しそうな場合は私たちも加わり、強制的に身柄を確保するという作戦だ。

「ナンパどうでしょう、いいの入ってますよ」

一呼吸置いてから、犬マンは声をかけた。明るく、軽く、でも他意は感じさせない、そんな口調だ。とたんに、なで肩が小さく弾んだ。硬直したように体はそのままで、顔だけが振り返ってこちらを見る。面長で細眉、二重まぶた。美玖の証言通りだ。しかし顔色は色白を通り越して血の気が失せ、頰はげっそりとこけ、おまけに目の下にはどす黒い隈《くま》までできている。

「久しぶりだな、大和。俺だよ、マサル」

パーカのポケットに両手を突っ込み、犬マンは微笑みかけた。大和はぽかんと口を開け、血走った目でその笑顔を見つめ返している。

「こんなとこでなにやってんだ、って顔だな。お前を待ってたんだよ。そのポケットに入ってるメモリーカードのことで」

大和の指先がぴくりと動き、ジャージのポケットに触れた。

「その写真は、お前が想像してるより遥かにヤバい話に絡んでる。悪いことは言わないから、このへんで降りろ」

「どういうことですか？」もしくは「どういう意味ですか？」と訊きたかったのだろう。

かさかさに乾き、ひび割れた大和の唇が「ど」の形に開いた瞬間、背後から、

「大槻！」

という声と、革靴がアスファルトを打つ音が聞こえた。男が三人、歩道橋をこちらに向かって走ってくる。先頭は細い目が左右に離れたヒラメ顔の若者。少し遅れて日焼けした肌に銀縁眼鏡と体格のいい角刈り、二人とも、歳は四十ちょっとすぎといったところだ。帝都興業プロジェクト準備室の面々だろう。噂通り地味なスーツを着てぱっとしないネクタイを締めているが、眼光の鋭さと目つきの悪さは想像以上だ。

「お、お金は写真と交換ですっ！」

甲高い悲鳴のような声があがった。大和がドラムバッグの肩ひもをつかみ、望月から金を奪い取ろうとしていた。しかし望月も全身でバッグにしがみつき、意地でも離すまいとがんばっている。頰も額も、再び真っ赤に染まっていた。

「やめろ！」

犬マンが駆け寄ると、大和は望月を突き飛ばし、公園の奥の闇《やみ》に向かって駆けだした。犬マンはバッグを抱えたまま地面に転がっている望月を飛び越え、後を追い、私と塩谷さんも続いた。

大和はフェンスの突き当たりまで行って左折し、狭い通路を駆け下り始めた。五メートルほど間隔を空け、私たちも続く。背後からは帝都興業の三人組もついてくる。フェ

ンスの外を山手線が、線路にリズミカルな音を響かせて通りすぎていった。

大和は通路を下り、突き当たった歩道を右に曲がった。すぐ正面に山手線の下の小さなガード、そこを抜けるとタワーレコード前のスクランブル交差点に出る。歩行者用信号は赤だが、終電前の混雑で交差点内には車が溜《た》まっていた。空車のライトを点したタクシーと、地方ナンバーの改造車が目立つ。大和は車の間をすり抜け、交差点を斜めに突っきって渡り始めた。犬マンは迷わずそれに続き、私と塩谷さんもびくびくしながらヒステリックにクラクションを鳴らす車の前を通りすぎた。

交差点を渡りきると、通りに沿って長くゆるやかな上り坂が続く。あれだけ憔悴《しょうすい》した顔をしていたくせに、大和はテンポよく左右の足を繰り出し、どんどん前に進んでいく。私と塩谷さんは半分も登らないうちに脚がもつれ、息が上がり始めた。犬マンは走りながら携帯電話を取り出して構えた。

「Kスケ君か？　大和が逃げた。バックドロップ前の坂をパルコ方面に向かってる。みんなをバラして道をふさいでくれ。帝都興業の連中に気をつけろよ」

荒く息をしながら、怒鳴るように指示した。向かい側の歩道を、帝都興業の一行が駆け上がっていくのが見えた。

パルコ前の交差点に出る頃には、私と塩谷さんは汗だくになり、荒い呼吸で話もできないような有様だった。老化と日頃の運動不足、不摂生の結果だ。追跡は若者に任せ離

脱しよう、そう思い、スローダウンしかけたが、

「晶さん、こっちです」

と、振り返った犬マンに、順路を指示された。仕方なく、肩で息をしながら走り続けた。背後からは、獣のうなり声のような塩谷さんの息づかいも聞こえてくる。もはや私たちには先頭を走る大和の姿は見えず、犬マンのパーカの進む方向についていくだけだ。犬マンはパルコパート1前の広場を横切り、GAPのビルとの間の路地に入っていった。とたんに道が狭くなり、人がどっと増える。道幅いっぱいに広がって大声で話す若者のグループ、反対に道の端をぴったりくっついて歩くカップル。その肩にぶつかり、指先で光る煙草の火をかろうじて避《よ》けながら、転がるようにして前に進んだ。

通りを二十メートルほど進み、左折してスペイン坂に通じる急な階段を降りた。登ったと思ったら今度は下りだ。渋谷という街に、いかに坂が多いかわかる。

スペイン坂は井ノ頭通りに通じる狭い小道で、レンガを敷き詰めた歩道の両脇に小さな映画館や洋服屋、飲食店が軒を連ねている。この時間はどの店もシャッターを下ろしているが、その中で唯一、若い女向けのゲームセンターだけが煌々《こうこう》と明かりを点している。

「マサルさん！」

男の声がした。Kスケのナンパ仲間の二人、Bボーイとホストファッションがゲームセンターの入口の前に立っていた。腕を高く上げ、突き出した人差し指を激しく振って

店内を指している。この中に大和が逃げ込んだという合図だろう。三人で迷わずゲームセンターに飛び込んだ。

店内は、大音量のダンスミュージックと煙草の煙で満たされていた。奥行きがなく横に長いウナギの寝床のような造りで、ゲームセンターとはいっても置いてあるのはぬいぐるみやマニキュア、口紅などをつり上げるクレーンゲームや、安っぽいビニールの目隠しで覆われたプリクラマシンばかりだ。内装からゲーム機まで全てショッキングピンクを基調とした濃厚な原色で統一されていて、長時間いると頭が痛くなりそうだ。客の大半は女。十代から二十代前半、茶髪、ミニスカ、ロングブーツ、地味な顔立ちに派手な化粧というタイプが多い。

大和の居場所はすぐにわかった。彼の全身黒ずくめのファッションは、公園の暗闇では保護色になるが、この店では浮きまくりだ。加えて、混み合ったフロアを無理矢理前進しようとするため、行く先々で、

「ちょっと、なにすんのよ！」

「痛いじゃん！」

「マジウザい！」

怒りと非難に満ちた悲鳴があがる。テレビゲームの効果音のようだ。私たちはその声を頼りに、女たちをかき分け店の奥に進んだ。

店内はガラス張りで、数ヶ所に観音開きのドアがある。大和はその中の一つ、スペイン坂ではなく、裏通りに出るドアをめざしているらしい。スペイン坂には、いくつか狭い横路があり、両脇にも小さな洋服屋やアクセサリーショップなどが店を構えている。

私たちがドアの前に辿り着くのと、通りに飛び出した大和を、待ち伏せしていたBボーイとホストファッションが押さえ込みにかかるのがほぼ同時だった。「やった。もう走らなくてすむ」。そう安堵した瞬間、暗闇からヒラメ顔と銀縁眼鏡が現れ、背後からのしかかるようにして、大和に飛びかかった。しかし大和はひらりと身をかわし、バランスを崩した他の男たちは路上に転がる。

慌てて捕まえようとしたが、ドア前に群がる女の子たちが邪魔で進めない。

「どけ！」

塩谷さんが怒鳴ると、再び黄色い怒号があがった。

「なにこのオヤジ！」

「サイテ〜！」

「ありえな〜い！　こいつ、あたしのお尻触ったよ！」

塩谷さんも負けじと言い返す。「そんな垂れた尻、誰が触るか！」

その間に大和は折り重なってもがく四人を飛び越え、再び走りだした。なんとか店を出て後を追ったが、パルコパート3の前に出る階段を駆け上がったところで姿を見失った。

「どうする？」

息絶え絶えに、私は訊ねた。めまいと吐き気がして、胸の奥からはなぜか熱っぽい血の味がこみ上げてくる。この感覚は中学校のマラソン大会以来だ。塩谷さんは、無言で道端にへたり込んでいる。

「主だった通りは全部Kスケ君たちが封じてくれてるから、大和を見つけたらすぐに連絡がくると思います。とりあえず井ノ頭通りに出ましょう」

パーカの袖《そで》で額に浮いた汗を拭い、犬マンが答えた。

「悪いけど、体力の限界。後は任せていい？」。そう続けようとした時、ポケットの中で携帯が振動した。

「もしもし？」

塩谷さんの腕を引きずるようにして立たせ、さっさと歩きだした犬マンの後を追いながら答えた。

「あんたたち、なにやってんのよ！」

周囲の若者がぎょっとして振り向くくらいの大声で、ママが怒鳴った。さっきから何度もかかってきていたが、無視し続けていたのだ。私は携帯のボディを耳から少し離してから答えた。

「依然大和とメモリーカードを追跡中。細かいいきさつは勘弁して」

「そんなの望月さんから聞いたわよ。今どこにいるの？　さっきから、渋谷じゅうを捜し回ってたんのよ」

ママたちもワゴンで移動中らしい。声が不明瞭《ふめいりよう》でところどころ途切れる。すると、井ノ頭通りから迷彩柄のコーチジャケットを着たKスケが駆け込んできた。

「大和はセンター街に逃げ込みました。クアトロのそばのビルに入るのを確認していま す」

「追い詰められて古巣に舞い戻ったって訳か。よし、行こう」

犬マンは頷き、駆けだした。

「大和を見つけたわ。捕まえたら電話する」

「聞こえたわよ。センター街のどこだって？　ちょっと待ちなさいよ、切ったら承知しないから！」

野太い声でわめくママを無視して電話を切り、ついでに電源もオフにした。

渋谷センター街は、中央にある十字路から奥に進むと雰囲気ががらりと変わる。急に道幅が狭くなり、日差しも途絶え、一日中じめじめと湿っぽい。両脇に並ぶのは居酒屋やレストラン、バーなどの飲食店ばかりで、そこにぽつんとパルコの別館・クアトロがある。そこにほど近いビルに、大和は逃げ込んでいた。ところどころ薄汚れた白いタイル張りの雑居ビルで、エントランスの横に螺旋状《らせんじょう》の外階段がある。

「屋上に隠れてるみたいです。外階段を使えば、直接行けます」

ビルの前まで来るとKスケは、突き立てた親指で背後を指した。高さは十階ちょっとある。

「わかった。Kスケ君は、ここで帝都興業のやつらを見張っててくれ」

絶句している私と塩谷さんをよそに、犬マンはてきぱきと指示して階段を登り始めた。

「坂道マラソンの次は階段登りかよ。ちょっとしたトライアスロンだな。シメは代々木公園の噴水でスイミングか？」

塩谷さんがコメントした。声が妙に明るい。やけになっているのだろう。

「上等じゃない。泳ぎは得意なのよ」

私もやけくそで言い返し、コンクリートの手すりにすがりつくようにして階段を登った。ふくらはぎがぱんぱんに張り、両足が鉛のように重い。明日の朝には、起き上がれないほどの筋肉痛に変わるに違いない。

犬マンに遅れること約五分。なんとか屋上まで辿り着くと、彼は中央に置かれたクリーム色の大きな給水タンクに向かって語りかけていた。大和はコンクリート造りのタンクの足場の陰に隠れているらしい。屋上に照明はないが、周囲のビルの明かりやネオンで思いのほか明るかった。タンクの遥か向こうには、マークシティの高層ビル群のシルエットが浮かんでいる。

「……てな訳で、俺らと帝都興業の連中がお前が撮った写真を追いかけてたんだよ。わかっただろ？　その写真は、俺らが捌《さば》けるような代物じゃない。帝都興業のやつらに捕まる前に俺に渡せ。あいつらはマジだ。下手すると殺されるぞ」

返事はないが、ナイロンのジャージが擦れるしゃりしゃりという音が聞こえる。私と塩谷さんは、足元にずらりと並んだエアコンの室外機の上に腰を下ろし、ことの成り行きを見守った。強いビル風が吹き抜け、首筋に滲んだ汗を乾かしていく。

「出てこいよ、大和。お前もセンター街のナンパ師だろ。自分のした仕事の始末は自分でつけるのが、筋ってもんじゃねえのか」

「そんなヤバい裏があるなんて、全然知らなかったんだよ！」

ようやく大和が口を開いた。震えてかすれた、悲鳴のような声だった。

「三週間ぐらい前に、センター街で声をかけられたんです。女を一人ＮＰして、ハメ撮りして写真を売るだけでいい、それだけで百万円やるって。俺、ちょうどバイトをクビになって焦ってて、つい話に乗っちまったんです。でも、女が区長の娘だってわかって、てっきりやつらが、俺が撮った写真をネタに区長をゆするって計画だと思い込んじまった。だから、たったの百万ぽっちでごまかされたと思ったら、すげえむかついて」

言葉に詰まり、押し殺したような嗚咽《おえつ》が漏れ始めた。呆れて、私は口を挟んだ。

「だから自分でお金を取る計画を立てたっていうの？　都合がよすぎるでしょ。世の中ナメんのも」

「大概にしなさいよ」。そう言ってやろうとした瞬間、塩谷さんに肘で二の腕をこづかれた。「黙ってろ」という合図らしい。すると犬マンが言った。

「わかったよ、大和。帝都興業にも区長にも、俺のボスが上手く話をつけてくれる。もちろん、警察にパクられたりもしないから心配すんな」

「でも俺、金が入ると思って時計とか指輪とかばんばん買っちゃったんです。どうしたらいいですか？」

　鼻水をずるずるとすすり上げ、甘ったれた声で訴えた。美玖から聞いた腕利きナンパ師の姿は、今や見る影もない。

　犬マンは鼻で笑い、こともなげに答えた。

「そんなもん、働いて払えばいいだけだろ。仕事なら俺が紹介してやるよ。お前にぴったりなところを知ってるんだ」

「マジですか？」。大和が顔を出した。ニットキャップとジャージの上着を脱いでいる。先ほど宮下公園で見た時よりさらに頬がこけ、目の下の隈が濃くなった気がする。加えて汗と埃《ほこり》と涙でどろどろに汚れている。犬マンは彼の目をまっすぐに見て笑った。

「俺を誰だと思ってんだよ」

細めた目が垂れ、代わりに口角が上がり、その両脇にキュートなシワが寄る。彼の〝秘密兵器〟は、同性にも効果を発揮するらしい。大和はその笑顔に誘われるようにふらふらと進み出て来て涙を拭い、ポケットからシワくちゃになった封筒を引っ張り出して犬マンに渡した。中身は小さなビニール製のジップバッグ。犬マンは振り返り、私と塩谷さんにジップバッグをかざしてみせた。バッグの中には、切手大の黒くて薄いプラスチック片、デジカメのメモリーカードが入っている。こんなにちっぽけなもののために私たちは歩き回り、知恵を絞り、挙げ句の果てに深夜の渋谷の街でトライアスロンの真似ごとまでさせられたのだ。

「ご苦労さん」。後ろから、不気味な声が響いた。ビル風が安物のヘアトニックの臭《にお》いを運んでくる。振り返ると、帝都興業三人組の一人、角刈りの男がこちらを冷たい目で睨んでいた。背後には銀縁眼鏡とヒラメ顔もいた。二人はKスケを押さえ込み、首にナイフをつきつけている。

慌てて階段に向かおうとした大和に、ヒラメ顔が鋭く叫んだ。

「動くな！　こいつの頸動脈《けいどうみゃく》をぶった切るぞ」

「大和。戻れ」

犬マンに指示され、大和はそそくさと彼の背後に隠れた。Kスケは、むさ苦しいヒゲ面を引きつらせている。

「まず、そのメモリーカードをもらおうか。話はそれからだ」

角刈りは犬マンに手を突き出した。低く太いけれどよく通る、人を恫喝《どうかつ》しなれた声だ。恐らくこいつが〝プロジェクト準備室室長〟有賀悟郎だ。

「マサルさん。渡しちゃだめです！」

Ｋスケは健気《けなげ》に叫んだが、声が恐怖でうわずっている。犬マンがこちらに視線を送り、私と塩谷さんは無言で同時に頷いた。

「話がまとまったようだな。お前らが何者かは後でゆっくり聞かせてもらうが、大和と写真を見つけだしたことだけは褒めてやる。渋谷のガキどもが、こんなに使えるとは思わなかったぜ」

有賀は、声を立てて笑った。犬マンの顔が怒りで赤く染まっていく。

「さっさと渡せ！」

銀縁眼鏡のだみ声に促され、犬マンはのろのろと腕を上げた。指先でつかんだジップバッグが有賀の手のひらに触れようとした瞬間、甲高い悲鳴があがった。ぎょっとして見ると、ヒラメ顔がナイフを握りしめたまま宙に浮いていた。背後から襟首と股間を鷲《わし》づかみにされ、凄まじい力で持ち上げられている。股間に食い込む節くれ立った指の先は、深紅のマニキュアで彩られていた。シャネルのヴェルニ＃１２１。なぎさママお気に入りの色だ。

「やめろ！　放せ！」

全員が呆気《あっけ》に取られている間に、ヒラメ顔は金切り声をあげてナイフを振り回した。するとママはヒラメ顔の体を自分の右肩に引きつけ、そのまま腰をひねると勢いよく後方に投げつけた。ごつん、ヒラメ顔の後頭部がコンクリートの床を打つ鈍い音がした。ナイフが床を滑り、暗がりに吸い込まれていく。

「大丈夫よ。気絶しただけ。ちゃんと手加減してるから」

ぴくりとも動かなくなったヒラメ顔を顎で指し、ママはクールに言った。指先で巻き髪の乱れをすばやく整える。黒いレザースーツに身を包み、足元は八センチヒールだ。

「ママ」

後の言葉が浮かばず絶句した私を、ママが睨む。

「よくも携帯の電源を切ったわね。ここを捜し出すの大変だったんだから」

「ババア、なにしやがる！」

銀縁眼鏡がだみ声を上げ、襲いかかった。ママはするりと身をかわし、両手で銀縁眼鏡の右腕をつかんで体を反転させた。腰を落とし、肩越しに投げ飛ばす。ダークグレイのスーツに包まれた銀縁眼鏡の体は、空中に綺麗な弧を描き、エアコンの室外機に激突した。

「俺、ママが何部だったかわかった」

隣で塩谷さんが言った。唖然とした顔でママを見つめている。

「私も」私が言い、犬マンも頷く。

「柔道部、ですよね？」

素人目にもわかる鮮やかな一本背負い。黒帯、しかも相当な猛者《もさ》に違いない。銀縁眼鏡は倒れたまま体を丸め、苦しげなうめき声をあげている。Kスケと大和は身を寄せ合い、不安げにことの成り行きを見守っていた。

手下を片づけたママは、最後の獲物・有賀にゆっくり近づいていった。

「悪あがきはやめて答えなさい。この騒ぎ。墨岡が選挙で勝つために、小金澤さんを陥れようとしたんでしょ？　とっくにお見通しよ」

「お前ら、本当にどこの誰なんだよ」

焦りと怯《おび》えを含んだ声で呟き、有賀が後ずさりを始めた。背後にあるのは地上六十メートル余の絶壁。屋上の周囲には三十センチほどの高さの縁《へり》があるだけで、柵《さく》や手すりはない。

「質問に答えなさい。大和を雇って美玖ちゃんの写真を撮らせ、雑誌に載せようとした。そうよね？」

ヒールの音を響かせて歩きながら、視線は有賀の動きを見張っている。

「黙れ。オカマ野郎！」

有賀が逃亡を図った。ママはすかさずその襟元をつかんで股の間に右足を差し入れ、踵で膝の内側を蹴り上げてそのまま横倒しに放り投げた。この技はオリンピックで見た覚えがある。名前は確か「内また」。

「そうよ。あたしはオカマよ」

言いながらママは、苦痛に顔をしかめて転がっている有賀に近づいていった。背広の胸元をつかんで体を持ち上げ、上半身を屋上の縁から空中に突き出した。ママが手を放せば、有賀はセンター街に真っ逆さまだ。

「やめろ！」

さすがに顔色を変え、有賀が手足をばたつかせた。ママは身を乗り出し、その耳に囁くようにして言った。

「しかも筋金入りのね。タマ二つ取って、胸に塩水入りのビニールバッグ入れてんの。それがどういうことかわかる？」

「知るか！」

顔を背け、両手で必死に空を掻《か》きながら有賀が叫ぶ。横目でちらちらと地上を眺めている。

「怖いものなんか、な〜んにもないってこと。あんたみたいなチンピラ一人、ここから突き落とすのなんか屁《へ》みたいなもんよ。嘘だと思ってんでしょ。試してみようか？」

言うが早いかママは、胸元を握りしめた手を開いた。有賀の喉《のど》から今まで聞いたことのない音が漏れ、私はきつく目を閉じた。

「あらやだ。あたしの反射神経も、まだ捨てたもんじゃないわね」

きゃははという笑い声に恐る恐る目を開けると、有賀が空中に胸を突き出すような姿勢で体を硬直させていた。ママの赤い指先は、彼の背広の片襟をかろうじてつかんでいる。

「どうする？　まだ続ける？」

顔を覗き込むようにして言う。ママは心底楽しそうだった。

「わかった！　認める、あんたの言う通りだ。全部墨岡社長が考えたことで、俺たちは言われた通りに動いただけなんだ。頼むから助けてくれ！」

有賀が叫んだ。さっきまでの迫力がウソのような、とことん情けない声だった。

「わかりゃいいのよ。はい、お疲れ〜」

ママは、あっさり有賀の体を引き上げてやった。有賀は腰が抜けたまま手足を必死に動かし、できるだけママから離れようと床を這《は》っていった。


それから私たちは三人を一ヶ所に集め、事件終結に向けての話し合いをした。「そっちの陰謀を警察に黙っていてやる代わりに、美玖ちゃんの写真はなかったことにする。同時に金輪際大和にも手は出さない」という私の提案を三人は、必ず墨岡に伝えると約束した。

「これはあたしからのプレゼント」

ママが、スーツのポケットから数枚の写真を取り出した。撮影場所はどこかのホテルの一室。脂ぎった中年男がベッドに腰かけている。ワイシャツの前をだらしなくはだけ、下半身は目にもまぶしい白ブリーフ一枚、墨岡だった。煩悩《ぼんのう》丸出しの笑顔を浮かべ、果てしなく広い額をてからせている。そして、指毛がびっしり生えたおぞましい手に肩を抱かれたり、膝の上に乗せられたりしているのは、半裸の、どう見ても十代後半の美少年二人だ。

「ちょっとした噂って、こういうこと？」

私が驚くと、ママは頷いた。

「だめもとで罠《わな》をしかけたら、あのスケベジジイ、ほいほい乗ってきたわ。でも、この子たちを説得するの大変だったんだから。後で山ほど服だの靴だの買わされちゃった。近頃の若い子って、ホントにちゃっかりしてるわよねえ」

そうぐちり、眉を寄せた。よくよく見れば、写真の二人は東口の喫茶店で会った時に、ママが連れていたチワワとレザーパンツだ。

私は絶句したがママは涼しい顔で、

「今後、小金澤さんやご家族に手出ししようもんなら、この写真が週刊誌のトップを飾ることになるからね。そこんとこ、しっかり墨岡に伝えておいてよ」

と言い放ち、写真を突き出した。有賀は無言で受け取り、ろくに見もせずにスーツのポケットに押し込んだ。

「一件落着ね」

私は息をついた。緊張で、忘れていた足腰のだるさがたちまち蘇《よみがえ》ってくる。

「でもなさそうだぜ」

塩谷さんが言う。「どういう意味？」、そう訊ねる前にサイレンの音が聞こえてきた。慌てて下を覗き込むと、通りの向こうから赤色灯を回転させたパトカーが二台走ってくる。騒ぎに気づいた通行人の誰かが通報したのだろう。

「あんたたち、なにぐずぐずしてんの！　逃げるわよ。ここで捕まったら、今までの苦労が全部パアじゃない」

ママが叫び、犬マン、Ｋスケ、大和、塩谷さんの順で階段に向かって走りだした。帝都興業の三人も後を追う。私はほとんど動かない足を無理矢理上げ、みんなに続いた。背後からママの怒号が飛んできた。

「一人残らず絶対に、完璧に逃げきるのよ！　もし捕まったりしたら、生き霊になって毎晩枕元に立ってやるから！」

いきなりピッチが上がり、全員が転がり落ちるように階段を下り始めた。

それからしばらくして、渋谷区区長選挙が公示された。真っ先に名乗りを上げたのは小金澤区長。墨岡はついぞ立候補することはなかった。憂夜さんの話では、帝都興業は広尾の土地からも手を引いたらしい。ともあれ、小金澤区長の再選はほぼ間違いなしといったところだ。

そして、放蕩娘《ほうとうむすめ》・美玖は謹慎を解かれ、学校に通いだしたそうだ。さすがに懲りたのかクラブ遊びは控えているが、犬マンをいたく気に入ったそうで、紹介しろと秘書・望月にしつこく迫っているらしい。

その犬マンの仕事ぶりは、ますます好調だ。事件以降、〝秘密兵器〟の威力が増したらしく、最近ではナンバーワンホスト、ジョン太に迫る売れっ子ぶりだ。そしてつい最近、新人ホストがclub indigoに入店した。大和だ。あの晩、犬マンが「お前にぴったり」と言っていた仕事先は、うちの店のことだったらしい。彼の源氏名は〝モイチ〟、命名者は犬マンだ。本人はいやがったが、事件の反省を促すためにも当分はこの名前でがんばってもらうつもりだ。

数日前。円山町《まるやまちょう》のクラブを一晩貸し切りにしてパーティを開いた。招待客は犬マン、Kスケ、そのナンパ仲間たちだ。事件の後、小金澤区長が「お礼に」と金をくれた。結構な大金だ。塩谷さんと二人で相談した結果、その金で事件の慰労会を開くことにした。

飲み放題、踊り放題、騒ぎ放題で朝まで大いに盛り上がったらしいが、私と塩谷さんは参加せず、ママと三人で表参道のバーで飲んでいた。そこで聞いた話では、小金澤区長とママはやはり柔道部の先輩・後輩で、〝副将〟とは柔道、剣道などの団体戦で四番目に戦う選手の名称らしい。ちなみにママは一年生ながらレギュラーに抜擢《ばってき》され、区長と同じ年にインターハイに出場した経験もあるそうだ。

さらに酔っぱらったママは、「ホントは、小金澤さんがあたしの初恋の人なの」と衝撃の告白までしてくれた。

「柔道部に入ったのも、もちろん彼に近づくためよ。最高だったわ。特に寝技の稽古《けいこ》」

ママは野太い声でぐふふと笑い、塩谷さんの背中をどついた。

そして、Kスケたちナンパ師は事件の後も変わらず街角に立っている。一瞬の出会いを求めて行き交う女たちの後を追い、自慢のフレーズで声をかける。ノリはあくまでも軽く、口元には笑顔、胸に秘めるのは下心と熱いプライドだ。

私がセンター街を歩くと、彼らは気軽に挨拶してくれる。でも、今のところ誰も「ナンパどうでしょう、いいの入ってますよ」とも「すみません、ナンパなんですけど」とも言ってはくれない。それがちょっと不満だ。

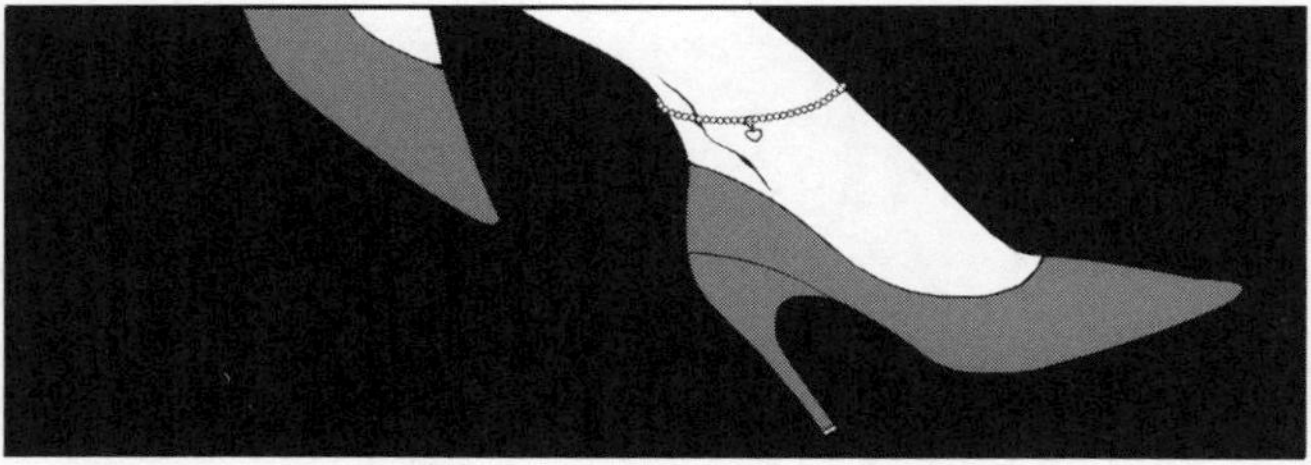

夜を駆る者

「ていうか、僕って人と話すの好きじゃないですか。だからホストとか向いてるかな、みたいな？」

向かいのソファに座った男は、半疑問形で志望動機を述べ、小首を傾《かし》げた。

「じゃないですか、ってそんなこと知らないわよ。君にはさっき初めて会ったんだから」

突っ込んだ私を、男はぽかんと見た。切れ長のシャープな目に細い眉、反対に鼻と口はぽってりと丸く幼い。バランスは悪いが、そこがかわいいという女も大勢いるだろう。

私は手元の資料を眺め、訊《たず》ねた。

「二十二歳、フリーター。家族と同居。ご両親には、このバイトのことをどう話すの？」

「全然大丈夫です。僕んち、お父さんもお母さんも友達みたいな感じなんですよ。だから僕のやりたいことは、なんでも応援してくれます」

「あっそう」

「『全然大丈夫』じゃなくて、『全く問題ありません』」。「いい歳《とし》して人前で親をお父さん、お母さんと言わないの」。喉元《のどもと》まで出かかったが、きりがないのでやめた。

こちらの心中を察したのか、背後で憂夜さんがわざとらしく咳払《せきばら》いをした。ワインレッドに白のチョークストライプの三ツ揃《ぞろ》い、ワイシャツは鮮やかなピンクだ。塩谷さんは我関せずという顔で机の上に脚を投げ出し、革張りの椅子《いす》を左右にゆらゆらと動かしている。

「ええと、山田君《やまだ》？」

気を取り直して呼びかけた。資料によると、彼の源氏名《げんじな》は〝山田ハンサム〟。

「ハンサムって呼んでください」

にこやかに、しかしきっぱりと言った。

「……じゃあハンサム君」

「はい」

「君の夢ってなに？」新人ホスト全員にしている質問だ。

「夢？」

「なりたいものよ。なにかあるでしょ」

「有名になりたいです！」

私は絶句し、憂夜さんが割って入ってきた。

「高原オーナー。今日のところはこのへんで。おい、仕事に戻っていいぞ」

ハンサムは立ち上がり、首を前に突き出すようにして会釈をして部屋を出ていった。

「有名になりたい、ね。なかなか斬新《ざんしん》な答えだとは思うけど」

私がため息をつくと、憂夜さんは頭を下げた。

「申し訳ありません。あんなやつですが、やる気は本当にあるようです。時間をかけて、一からみっちり仕込みます」

〈club indigo〉のオーナールーム、深夜二時すぎ。定例の経営会議のために顔を出すと、新入りホストが挨拶《あいさつ》にきた。従業員の採用や教育はマネージャーである憂夜さんに任せているが、必ず私と塩谷さんに顔見せをする決まりだ。その都度、私は昨今の若者の言語感覚、悪意はないが的はずれな受け答えに、腹を立てたり脱力したりしている。

内線電話のベルが鳴った。憂夜さんは他の電話の通話中で、塩谷さんははなから出る気がないため、仕方なく私が応接テーブルからコードレスの子機を取った。

「もしもし」

「キャッシャーのジュンです。憂夜さんに電話なんですけど」

「他の電話に出てるのよ。どこから？」

受話口からヒップホップミュージックが漏れ聞こえてくる。全く同じ曲が、ガラス窓の下の客席フロアにも響いていた。客席は今夜も満席だ。

「それが、ＢＩＮＧＯ《ビンゴ》からなんです」

「ＢＩＮＧＯですって⁉」

ＢＩＮＧＯは、以前 indigo にいたホストだ。ちょうど半年前。ＢＩＮＧＯも憂夜さんに連れられて挨拶にきた。ルックスは中の上、とにかく色白で美肌という以外は印象に残らなかった。話し方もおどおどとして落ち着きがなかったが、「そういう自分を変えたい」というのが志望動機だった。

しかし研修を終え、店に出ると間もなく頭角を現し始めた。とにかくカンがよく、客の表情や仕草を読んでそれに対応する能力が高い。話題は豊富ではないが、ツボを押さえた相づちや質問を返すことができた。「百人に一人の逸材」。憂夜さんはそう評した。そして本人もそのことに気づき、みるみる背筋が伸び、顔も引き締まり、売れっ子ホストの自信とオーラを身につけていった。

ところが三ヶ月前。突然彼は姿を消した。売り上げ・指名数ともにトップ5入りを果たした直後だった。しかも、「辞めます。さよなら」というふざけたメールを一本送ってきただけで、事情説明も挨拶もなしだ。すぐに連絡を取ろうとしたが、携帯電話は解約され、自宅アパートも引き払った後だった。私と店の仲間たちが激怒し、同時にひどく落胆したのはいうまでもない。

「今さらなんの用があるっていうのよ」

怒りが胸にふつふつと蘇《よみがえ》ってくる。ジュンは私の剣幕に怯《おび》えたように言った。

「よくわかりませんけど。でも、ちょっとヤバそうな感じですよ」

「ヤバそう？　まあいいわ。とにかく回して」

保留音のメロディが短く流れた後、電話が切り替わった。

「もしもし」

「もしもし。憂夜さんですか？」

「なんのご用でしょうか？」

「あ、晶さん？　俺です、ＢＩＮＧＯです」

早口の、妙にせっぱ詰まった口調だった。

「だからなによ。よく今さら電話なんか、かけてこられたわね」

「助けてください」

ＢＩＮＧＯが言った。携帯電話からかけてきているらしいが、電波状態がよくないのか、ぶつぶつと音が途切れる。

「はあ？　なに言ってんのよ」

「俺、今ちょっとヤバいことになってて、しゃれになんない状態なんですよ」

「しゃれになんないのは君の方でしょ。憂夜さんやみんなにさんざん世話になっておきながら、あのふざけた辞め方はなに？　世の中ナメんのも大概にしなさいよ。そもそも——」

「そのことは後悔してます。ホントにすみません。甘い話に乗った俺がバカだったんです」

「甘い話?」

「とにかくマジでヤバいんです。お願いですから助けてください」

焦りと恐怖が入り混じった、すがりつくような声だった。

「代わってください」

後ろから受話器をもぎ取られた。振り向くと、目の前に憂夜さんの日焼けした端整な横顔があった。きつい香水の香りが鼻をつく。隣には、いつの間に移動してきたのか塩谷さんが座っていた。

「俺だ。今どこにいるんだ?」

憂夜さんは低い声で訊ねた。ＢＩＮＧＯが、大声で必死になにか訴えているのがわかる。

「よく聞き取れないぞ。落ち着いて話せ……えっ?　おい、どうした?　もしもし?」

唐突に電話が切れた。

「なによ、今の。いたずら電話のつもりかしら」

「かけ直してくるかもしれませんね」

憂夜さんは受話器を戻した。しかし、ＢＩＮＧＯからの電話はなかった。

店を出て、みんなで下りのエレベーターに乗り込んだ。

「BINGOから電話があったって、マジすか？」

身をよじり、きゅうくつなスペースで無理矢理振り返ってジョン太が訊ねた。

「マジよ」私が答えると、アレックスは肩をいからせた。

「あの野郎、ふざけやがって。今さらなんだってんだよ」

うなりながら酒臭い息を吐き、両手の指を鳴らす。ぼきぼきという不吉な音が、私の耳元で響いた。狭い箱の中に私、塩谷さん、憂夜さん、その他ホスト数名が乗っている。

これから、みんなで飲みにいく。経営会議の後の飲み会は店の恒例行事だが、参加できるのは売り上げ上位の数名だけだ。ゆえにホストたちの間では、この席に呼ばれることが〝成功《サクセス》の証《あかし》〟とされているらしい。

「さあね。訳のわかんないことわめいたと思ったら、すぐに切れちゃったのよ」

私は肩をすくめた。犬マンが首を傾げる。

「勝手に辞めておいてなんの用ですかね。ていうか、あいつ今なにをやってるんだろう。コナン、聞いてないか？」

「えっ？　いや、聞いてないですよ」

呼ばれたコナンは、ニットキャップをかぶった頭を左右に振った。若手では人気ナンバーワンのホストで、かつてはBINGOのヘルプについていた。

仏頂面で階数表示パネルを睨《にら》みながら、塩谷さんが言った。

「どうせ金を貸してくれとかいう話だろ。ヤバい女に手を出したか借金でも作って、尻に火がついたんじゃないのか」

「どっちにしろ、図々しいにもほどがあるわよ。ああ、もっと言ってやりたいことがたくさんあったのに」

私は拳《こぶし》を握りしめ、ホストたちも一斉にBINGOへの非難の言葉を口にした。

エレベーターが一階に到着し、短いチャイムとともにドアが開いた。外に踏み出そうとした瞬間、全員がぎくりとして足を止めた。小さなエレベーターホールの向こうのアスファルトに若い女が立ち、こちらを見ている。

身につけているのは丈の短いキャミソールだけで、足元は裸足《はだし》。ひどく痩《や》せていて、体じゅうの骨が浮き上がって見える。頬《ほお》のこけた顔は紙のように白く、目尻の下がった丸い瞳《ひとみ》は虚《うつ》ろにどろりと濁り、濃い隈《くま》も浮いていた。加えて全身血まみれで、特に左右の手のひらは、半分乾きかけた血で赤茶色に染まっている。ホストたちがよく使う表現を借りるなら、「かなりキテる」状態と言えるだろう。

「ハルカちゃん⁉」

口を開いたのはコナンだった。私たちを押しのけてエレベーターを飛び出し、女に駆け寄る。

言われてみれば、別人のようにやつれ果ててはいるが、indigo の客の一人でキャバクラ嬢のハルカだ。ハルカはコナンに肩を抱かれると、へなへなと道路にへたり込んでしまった。

「ハルカちゃん。どうしたの？」

「大丈夫？　なにがあったんだよ」

慌てて後を追い、みんなで声をかけた。しかしハルカは俯《うつむ》いたまま、細い肩を小刻みに震わせている。金色のロングヘアは乱れ放題で艶《つや》もなく、長いことカラーリングもしていないのか、生え際の数センチは真っ黒だ。

「ケガはないようだが、救急車を呼んだ方がいいな」

憂夜さんは上着を脱ぎ、ハルカの肩にかけてやった。すると、ハルカがのろのろと顔を上げた。

「助けて」。かすれた、今にも消え入りそうな声だった。こちらに向けた視線も虚ろで定まらず、どこを見ているのかわからない。

「だからどうしたんだよ。なにがあったか話してくれよ」

コナンはしっかり肩を抱いて促したが、ハルカはなにも聞こえていないようにもう一度、

「助けて」

と繰り返しただけだった。

「無理に訊《き》きだすな。とにかく救急車だ」

塩谷さんが言い、憂夜さんが携帯電話を開いたその時、車のタイヤが軋《きし》む音が通りに響いた。明治通りから、ワゴン車が一台左折してくる。

ふいにハルカが、短い悲鳴を上げた。コナンの手を振り払い、立ち上がって駆けだした。憂夜さんの上着がふわりと宙を舞い、アスファルトに落ちる。ハルカは背中を丸め、足をふらつかせながらも必死に通りの奥に向かって走った。

「ハルカちゃん！」

追いかけようとしたコナンの足を、ワゴン車のヒステリックなクラクションが止めた。ボディは黒塗り、スモークフィルムを運転席までがっちり貼《は》っている。慌てて飛び退《との》いた私たちの前を、猛スピードで走り抜けていった。前方を走るハルカとの距離がみるみる縮まり、ヘッドライトに肩胛骨《けんこうこつ》の浮き上がった背中が青白く照らしだされる。その時、ハルカが振り返った。苦痛に歪《ゆが》んだ口元、血走った目は大きく見開かれている。

「ハルカちゃん！」

もう一度コナンが叫ぶ。ハルカとワゴン車は、そのまま突き当たりのガード下の闇《やみ》に吸い込まれていった。

「出た」

車から降りてきたのが豆柴だと気づき、私はそう口走っていた。

「人をバケモノみたいに言うな」

豆柴は後ろ手にセダンのドアを閉め、むっとして言い返した。ルーフの上では、赤色灯が回転している。

「柴田さん。ご無沙汰《ぶさた》しています」

憂夜さんが深々と頭を下げると豆柴は、下卑《げび》た笑みを浮かべた。

「よお。相変わらず羽振りがよさそうだな」

通りかかった制服姿の警官が、敬礼して足早に歩き去る。その後ろ姿を見送り、私は言った。

「ちゃんと捜してくれてるんですか？　もう二時間近く経ってますよ」

時刻は午前六時。すでに夜は明け、雑居ビルの間から朝日が差し込み始めている。

あの後急いで一一〇番通報し、現れた警官に事情を説明した。すぐに応援のパトカーも数台駆けつけ周囲の捜索を始めたが、ハルカは見つからなかった。塩谷さんはパトカーに同乗し、ホストたちもそれぞれ心当たりの場所を捜してくれている。

「当たり前だ。だから俺が来たんだろうが」

「怪しいもんだわ」

そっぽを向いてつぶやいた私を、豆柴は上目づかいに睨んだ。一六〇センチ足らずの私とほとんど変わらない背丈。だらしなくせり出した腹。滑稽《こっけい》なほど短い手脚は、今日もサイズの合わない安物のスーツの中を泳いでいる。むだに色艶のいい額は、しばらく会わない間にさらに面積を広げたようだ。

柴田克一・通称豆柴は、渋谷警察署生活安全課の刑事で、以前 club indigo が巻き込まれたある事件を通じて知り合った。事件は店の仲間と豆柴が協力し合って解決したが、私と彼の相性は良好とは言えない。むしろ最悪だ。

「事件に巻き込まれたという可能性はないでしょうか？　恰好《かっこう》といい様子といい、明らかに異様でしたし」

あくまでも礼儀正しく、憂夜さんが訊ねた。ワイシャツのピンクが、徹夜明けの目にまぶしい。憂夜さんの上着は、わずかな間ながらもハルカがはおっていたため、捜査資料として警察に渡してある。

「照会したが、該当《がいとう》しそうな事件はない」

そう返し、豆柴は上着のポケットからシワくちゃになった煙草《タバコ》の箱を出し、一本抜いて口にくわえた。すかさず憂夜さんが、ダンヒルのライターで火を点《つ》ける。

「ハルカちゃんの勤め先と自宅は調べましたか？」

私の質問に豆柴は、大きな鼻の穴から煙草のけむりを吐きながら頷いた。

「ああ。しかしハルカ……本名、宮田江美《みやたえみ》は、ひと月ほど前に勤務先の道玄坂のキャバクラ〈ジャスミン〉に『辞めます』と電話をかけてきて、それきりらしい。自宅マンションにも、その頃から帰っていない様子だ」

「行方不明ってことじゃないですか。家族から捜索願とか出てなかったんですか？」

「さっき調べてみたが、江美はガキの頃から相当グレてたらしいぞ。両親との折り合いも悪く、高校卒業と同時に家出同然で上京して以来、ずっと音信不通だそうだ」

「だからって、捜査の手を抜いたりしないでくださいよ。身の上はどうあれ、女の子が血まみれの下着姿で渋谷の裏通りに立ってたんですからね。おまけに、がたがた震えながら『助けて』って言ってたわ」

「わかってるって。事件の可能性がある以上、捜査は続ける。しかし、手がかりが少ない上に曖昧《あいまい》すぎるんだよ。お前らは一番肝心なこと、つまり江美がどこから来て、なにから助けて欲しいのかってことをなにも見聞きしてねえじゃねえか」

　言いながら、指先でばりばりと頭を搔《か》いた。大量のフケが焦げ茶色のスーツの肩に落ちる。

「あの黒いワゴンはどうなんですか？」

「本当に江美のことを追ってきたのか？　連れ去られるところを見た訳じゃないんだろ？　まあ、車のナンバーでも覚えてれば話は別だが」

横目でちらりとこちらを見た。

「……覚えてません」私は唇を噛《か》みしめ、顔を背けた。

私も、他のみんなもナンバーどころか、車名すらチェックしていなかった。あまりにも唐突で異様で、あっという間の出来事だった。それでも、ハルカの異様な姿と、うわごとのように繰り返していた「助けて」という言葉は、目と耳にはっきり刻まれている。


夕方。少し早めに店に行くと、オーナールームには既に憂夜さんと塩谷さん、ジョン太、アレックス、犬マンが来ていた。

あの後、捜査は警察に任せて家に帰ったが、ハルカの顔がちらつき、ほとんど眠れなかった。恐らくみんなも同じだろう。

「晶さん。連絡しようと思ってたんすよ」

ジョン太がソファから勢いよく立ち上がった。

「どうしたの？　豆柴からなにか連絡があった？」

憂夜さんが黙って首を横に振った。

「ハルカちゃんの事件つながりで、おかしなことがわかったんす」

ジョン太が興奮してアフロヘアを揺らし、アレックスも、

「この一件、なにかありますよ。絶対ヤバい」

野太い声で言って、大きな背中を丸めた。自分が通う総合格闘技道場のオリジナルTシャツを着ている。サイズはXXXLだ。

「おかしなことって？」

空いたソファに座りながら訊ねると、犬マンが説明してくれた。ノーブランドのトレーナーにジーンズ、それでも一分《いちぶ》の隙《すき》もない。

「手がかりになる話が聞けるかもと思って、俺ら昼間から桃花《ももか》ちゃんとゆうなちゃんに連絡取ってたんです」

桃花とゆうなはハルカと同じ店で働くキャバクラ嬢で、ともにindigoの常連客だ。

「ところが、何度携帯に電話してもつながらないんで、さっきジャスミンに行ってみたんです。そしたら、二人とも店を辞めてました。ひと月くらい前に突然電話してきて、それっきりって話でした。自宅にもずっと帰ってないみたいです」

「まるっきりハルカちゃんと同じじゃない」

ジョン太は細い目を爛々《らんらん》と輝かせた。

「ね、おかしいすよね？　ヤバいすよね？」

「トラブルに巻き込まれたのかしら。お金とか、対人関係とか」

「私もそう思って、さっき心当たりを調べてみました。しかし、三人ともサラ金などへの借金はなく、ジャスミンの客や店長、同僚とのトラブルもなかったようです」

答えたのは憂夜さんだ。相変わらず仕事が早い。「心当たり」がなんなのかは、別の機会にゆっくり探ることにしよう。

「男絡みってことはない？」

「そっちは調査中ですが、今のところヒモとか暴力団関係の男とつながっているという話は聞いていません。麻薬が関係している可能性も低そうです」

犬マンが頷いた。

「三人とも、そのへんはちゃんとわかってる感じでしたよ。金にしろ男にしろ、こっから先はヤバいっていう境界線を知ってて、その線ぎりぎりのところで遊んで面白がってるみたいな」

「ふうん」

私は、オーナールームから時折見かけた三人の記憶を寄せ集め、つなぎ合わせた。歳は二十から二十二。揃って金髪の巻き髪に濃い化粧、むやみに露出の高い服にブランドもののバッグやアクセサリー。絵に描いたような渋谷の不良娘だが、明るく気さくで、ノリもよかった。特にハルカは太めで美人でもなかったが、姉御肌で気っぷがよく、度々差し入れをしてくれたり、新人ホストたちを食事に連れていってくれたりして、店のみんなから好かれていた。

「でも三人とも、ここ何ヶ月かは来店してないわよね？　確か前は週に二、三回ペースで通ってたと思ったけど。どうしてかしら」

するとジョン太は口を尖《とが》らせ、面白くなさそうに答えた。

「そんなの決まってるじゃないすか。ＢＩＮＧＯが店を辞めたからですよ」

「なるほど」

言われてみれば、三人ともＢＩＮＧＯの指名客だった。しかもかなり熱心で、プレゼントやアフターなど相当な金をつぎ込んでいたはずだ。

「なるほど、じゃねえだろ」

ふいに背後から、ぶっきらぼうな言葉を投げかけられた。塩谷さんだ。今日も定位置のオーナーデスクに、シワだらけのチノパンに包まれた脚を投げ出して座っている。

「どういう意味よ」

「ＢＩＮＧＯの名前を聞いて、思い出すことはねえのか？」

「ことって？」

「更年期通り越して、ボケが始まったか」

むっとして言い返そうとして、思い出した。

「そういえば、ＢＩＮＧＯから電話があったわね」

「確かに。ハルカの騒動で、すっかり忘れていました」憂夜さんも頷《うなず》く。

「でも、それがどうかしたの？」

「ハルカ、桃花、ゆうなのキャバクラ嬢三人がほとんど同時期に同じパターンで姿を消し、今朝《けさ》になってハルカだけが血まみれで俺たちの前に現れた。そしてその数時間前に、彼女たちのお気に入りだったＢＩＮＧＯが突然店に電話をかけてきた……ただの偶然にしちゃできすぎだと思わねえか？」

みんなが一斉に口を閉ざし、代わりにざわついた空気が流れた。

「そうだ！　豆柴に知らせなくちゃ」

私は床に置いたバッグをつかみ、携帯電話を取り出した。猛スピードで番号を捜していると、三原順子《みはらじゅんこ》の『セクシー・ナイト』の着メロが流れ始めた。豆柴からだ。

「もしもし？」

「club indigo に、塚原真之《つかはらまさゆき》というホストがいたことがあるな」

「あります。今そのことで電話しようと思ってたんです」

「すぐに明治通り裏の神社に来い。塩谷と憂夜も一緒にな」

妙に落ち着いた硬い声、しかもこちらを気づかい、言い含めるような気配も感じられた。

「なにがあったの？」無意識に、声が同じトーンになる。

「塚原の死体が発見された」

私は言葉を失い、背後に集まって聞き耳を立てていた男の子たちが息を呑《の》むのがわかった。

塚原真之はＢＩＮＧＯの本名だ。

すぐに塩谷さん、憂夜さんと店を出た。明治通りを横断し、恵比寿方向に三十メートルほど走って横道に入る。ゆるやかな坂道の下から、突き当たりに立つ赤い鳥居が見えた。高層ビルの谷間にぽつりと空いた空間で、狭い境内《けいだい》には社殿や社務所、結婚式場などの建物が肩を並べている。いつもは訪れる人も少なく閑散としているが、時ならぬ大事件にたくさんのパトカーと警察車両、そして大勢の野次馬たちに囲まれ、騒然としていた。

「こっちだ」

一気に坂を駆け上がったところで、豆柴に呼ばれた。入口の小さな石段の上、立入禁止の黄色いテープの向こうに立っている。

境内に入ると、左手に鮮やかな朱色に塗られた社殿があった。柱や梁《はり》には龍や虎《とら》の彫刻が施され、日光東照宮のような極彩色で彩られている。私たちは豆柴の後ろにつき、社殿右隣の、区の天然記念物にもなっている大きな桜の樹の裏に回った。樹の下には石造りの背の低い歌碑がいくつか建ち、塚原真之にＢＩＮＧＯの遺体はその一つの下にあった。

「犬の散歩にきた人が発見した。塚原真之に間違いないな？」

豆柴の問いかけに私と塩谷さんが黙っていると、代わりに憂夜さんが硬い声で答えた。

「はい。間違いありません」

日の落ちかけた境内を巨大なライトが照らし、その下を白手袋をはめた背広や制服姿の警官が慌ただしく行き来している。

ＢＩＮＧＯは、長い手脚を折り曲げるようにして体を丸め、横向きに倒れていた。目を閉じ、口は軽く開かれている。血の気のない唇と、腹の下にできているどす黒い血だまりを除けば、眠っているようだった。その周囲で、テレビで見覚えのある青い制服を着た鑑識課員が写真を撮《と》ったり、地面に何かの印をつけたりしている。

「死因は出血多量。腹部を鋭利な刃物でひと突きにされてる」

豆柴の説明が遠くに聞こえる。体の真ん中に重たいものを投げ込まれたようで身動きができず、なんの感情も湧《わ》いてこない。その代わり、疑問だけが次々と電光掲示板の文字のように頭に浮かんでは消えていく。なぜＢＩＮＧＯが？　誰がこんなことを？

「なんでこんな恰好をしてるんだ」

塩谷さんの声で我に返った。小さな目を鋭く動かし、ＢＩＮＧＯを眺めている。

改めて見直すと、確かに変だ。毛先を遊ばせたショートレイヤー、ヘアスタイルはindigoにいた時と同じだ。しかし、ダークブラウンだった髪は枝毛だらけのけばけばしい金色に変わり、抜けるように白かった肌もどす黒く焼かれている。服装も、ダークスーツにノーネクタイ、はだけたワイシャツの胸元からはシルバーのクロスチェーンが覗《のぞ》いていた。歌舞伎町・六本木などのいわゆる王道系ホストクラブで流行《はや》りのコーディネートだ。

「塚原はお前らの店を辞めた後、池袋の〈クロノス〉というホストクラブで働いていたらしい。遺留品に名刺があった。店にも確認ずみだ」

「クロノス⁉」

憂夜さんが驚いたように声をあげた。

「結構な売れっ子で、稼ぎまくってたって話だぞ。知らなかったのか？」

豆柴の質問に、三人同時に首を横に振った。

数名の警察官がやって来て、遺体を運び出す準備を始めた。豆柴に促され、出口に向かって歩きながらＢＩＮＧＯが店を辞めるまでのいきさつとゆうべ電話があったこと、さらに桃花とゆうなが消えた一件も報告した。

「電話があったのは何時頃だ？」

豆柴が訊き、私は答えた。

「午前二時半頃だと思います。ＢＩＮＧＯが刺されたのは？」

「午前二時から三時の間ってところだ。境内の周囲からも血痕《けっこん》が見つかってるから、他の場所で刺された後でここに運ばれたか逃げ込んだかして、力つきたんだろうな」

つまり、ＢＩＮＧＯは店に電話をしてきた直後に刺されたということになる。

「犯人の目星はついてるんですか？」塩谷さんが訊ねた。

「捜査中だ。お前らにも後で改めて話を聞くことになるから、連絡が取れるようにしておいてくれ」

「ハルカちゃんの件はどうですか？　その後なにかわかりましたか？」

私がたたみかけるように質問すると、豆柴は足を止め、大げさにため息をついた。

「そっちも捜査中だよ。なにかわかったら知らせてやるから、これ以上首を突っ込むな。お前らが捜査に関《かか》わるとろくなことにならないんだよ。もし勝手に動いたり、隠しごとをしたりしたら、いいか？　店を営業停止にして、店のガキども共々、留置場にぶち込んでやるからな」

お約束の脅しで締め、私たちの顔を睨みつけた。

「肝に銘じておきます」

口だけ殊勝にそう返した。今さら首を突っ込むなと言われても手遅れだ。私も、club indigo もとっくに事件に巻き込まれている。それにハルカの行方も、ＢＩＮＧＯを殺した犯人も、見つける糸口は間違いなく私たちの手の中にある。

「男勝りは、晶って名前だけで十分だろ」

「その台詞《せりふ》は前にも聞きました。言っておきますけどそれ、セクハラですよ」

むっとして言い返すと、隣で塩谷さんが肩を震わせ、ひひひと笑った。

店に戻り、客席フロアにホストたちを集めた。開店までは、まだ二十分ほどある。憂夜さんがＢＩＮＧＯの殺害状況と、クロノスで働いていたことを手短に説明した。

「じゃあＢＩＮＧＯが店を辞めたのも、クロノスで働くためってことすか？」

最初に口を開いたのはジョン太だった。他のホストたちはそれぞれソファに腰かけ、不安げな表情で押し黙っている。

「たぶんね。スカウトマンに口説かれたんじゃないかしら」

私が答え、ホストたちはざわめいた。

スカウトといえば聞こえはいいが、早い話が引き抜きで、この世界では日常的に行われている。

憂夜さんが進み出た。

「他にクロノスから誘われた者はいないか？　正直に名乗り出てくれ」

しかしホストたちは揃って首を横に振り、憂夜さんは厳しい表情で黙り込んだ。彼にはさっきから何度も頭を下げられている。「ＢＩＮＧＯが引き抜かれたのは、マネージャーである自分の監督不行届き」ということらしい。

「すみません」

弱々しい声と共に、フロアの端で手が挙がった。レザーのリストバンドが巻きつけられた華奢《きゃしゃ》な腕。コナンだ。

「お前も引き抜きにあったのか。どんなやつだ？　どんな風に誘われた？」

「違うんです。俺は誘われてません」

ニットキャップの下の目を、おどおどと動かしている。

「どういう意味だ。誰もお前を責めないからちゃんと説明しろ」

アレックスが穏やかに諭す。コナンはほっとしたように頷き、話し始めた。

「三ヶ月くらい前なんですけど、ＢＩＮＧＯさんを熱心に指名する客がいたんです。その女がスカウトマンだったらしくて、少し経ってから『今度池袋にオープンするクロノスって店に移る。金も待遇もめちゃめちゃいいし、もっと名前を売ってこの世界のトップに立ちたい。時機を見てお前も引っ張ってやるから、誰にも言うな』って言われました。ヤバいって思ったんですけど、ＢＩＮＧＯさんにはかわいがってもらってたし、正直俺もその気になりかけてた。でも、まさかこんなことになるなんて」

ふいに言葉を詰まらせ、両手で頭を抱え込んで肩を震わせた。

「そういうことか」

塩谷さんが頷き、またホストたちがざわめいた。

客を装って店に入り込み、目をつけたホストに巧みに話を持ちかける。最も基本的な引き抜きの手口だ。他にはホストの携帯番号を調べたり、遊び場で逆ナンを装って声をかけるなどのパターンもある。

「それじゃまさか、ハルカちゃんたちがindigoに来なくなったのは」

私の言葉に、コナンは顔を上げた。

「そうです。BINGOさんがクロノスに連れていったからです。三人ともすぐ常連になって、毎日のように通ってたはずです」

「なるほどね」

これもよくあることだ。引き抜かれる際に、自分の指名客の中から特に上客を誘い、新しい店に連れていく。売り上げは確実に確保できるし、新しい店への手みやげにもなるが、元いた店に対しては完全な裏切り行為だ。BINGOが姿を消したのも、それがわかっていたからだろう。

「クロノスってどんな店なんですか？」

質問したのはDJ本気《マジ》だ。ヒッコリーのオーバーオールを着て、ソファの上で体育座りをしている。髪型はトレードマークの金髪マッシュルームだ。

「開店して間もないが、急激に売り上げを伸ばしているという話だ。大手ホストクラブチェーンの傘下《さんか》ではないらしく、経営母体ははっきりしない」

憂夜さんが答えた。

「どっちにしろその店、怪しいですね」

黙って話を聞いていた犬マンが口を開き、みんなの視線が集まった。

「三ヶ月前にBINGOがクロノスに引き抜かれ、客としてハルカ、桃花、ゆうなもついていった。その後ハルカたちが姿を消し、突然、BINGOとハルカがそれぞれ俺らに助けを求めてきた。そしてBINGOは殺され、ハルカは消えた。つまり、全てはクロノスの引き抜きから始まってるんです」


急いでコナンを連れて渋谷警察署に行き、さっきの話を豆柴にも聞かせた。

「絶対クロノスが事件に関係してます。すぐに捜査してください」

最後にそうつけ加えたが、豆柴は露骨に迷惑そうな顔をした。

「捜査に首を突っ込むなって、さっき言ったばかりだろ」

「貴重な情報をわざわざ提供しにきた市民に対して、そういう言い草はないんじゃないの」

「協力には感謝してるさ。しかし、そんなこととっくに捜査ずみなんだよ」

豆柴は煙草をくわえ、アルミの灰皿を引き寄せた。

署内の取調室。以前 indigo がある事件に巻き込まれた時に、たっぷりお説教されたのとは別の部屋だ。しかし中央にスチールのデスク、パイプ椅子、窓には鉄格子というレイアウトは変わらない。コナンは珍しそうに室内を見回している。

「捜査ずみ？」

「ああ。塚原真之をお前の店から引き抜いたことも、キャバクラ嬢の三人を客として連れてきたことも、全部クロノスの代表から聞いてるんだ」

代表とは、店の実務を仕切る責任者的な立場のホストで、トップから二番目のポストだ。

王道系のホストクラブでは、従業員たちに独特の肩書きや役づけを与えている。店によって若干の違いもあるが、最も一般的なのがオーナーまたは社長を頂点に、代表、支配人、店長、幹部が二、三名、加えて幹部候補も数名、という序列だ。

「じゃあなんでクロノスを調べないんですか？」

「引き抜き自体は、犯罪じゃねえからな。それに、クロノスって店はちゃんと営業許可も取ってるし、従業員の身元も確かだ。法律上はなんの問題もない、ごく普通のホストクラブなんだよ」

「そんなの表向きだけよ。きっと裏でなにかやってるんだわ。家宅捜索でもなんでもして、徹底的に調べるべきですよ」

「その必要はない」

「どうして言い切れるんですか」

「いい加減にしろ！　本当に店をぶっ潰《つぶ》してぶち込んでやるからな。脅しじゃねえぞ」

顎《あご》を突き出し、噛みつくように言った。私は大きく広がった鼻の穴を見つめた後、静かに目をそらした。

「じゃあ、仕方がないですね」

豆柴が頷くのを確認してから、すかさずこう続けた。

「でも、店の男の子たちが納得するかしら。引き抜かれたとはいえ、かつての仲間を殺されて興奮してるみたいだし、自分たちで勝手に調べるとか言い出さなきゃいいけど」

「……俺を脅すつもりか？」

「とんでもない。事実を言ったまでです。indigo の男の子たちが本気で動きだしたら、私や憂夜さんにだって制止しきれないわ。あの子たちの行動力とネットワークは、柴田さんもよくご存じでしょう？」

豆柴が黙り込んだ。ものすごい形相で、私の横顔を睨んでいるのがわかった。どうなるのかと、コナンが私たちの顔を見比べている。

「教えてやったら、事件から手を引くな？　ホストどもをおとなしくさせるな？」

「もちろん」

私は満面の笑みで答えた。豆柴は「絶対だな？」と念押しし、小声でこう話してくれた。

「今日の明け方、ハルカに着せてやったっていう上着を憂夜から預かっただろ？　さっきその鑑識結果が出て、微量の血液が付着していることがわかったんだ」

「それならハルカちゃんの体についていた血ですよ。手も体も血まみれだったもの」

「わかってる。問題は、それが誰の血かってことだ」

「誰ですか？」

「塚原だよ。江美の体に付着していたのは、塚原真之の血液だったんだ」

「ＢＩＮＧＯの⁉」

思わず大きな声を出し、豆柴に仕草でたしなめられた。

「加えてクロノスの代表とホストたちの証言から、塚原と江美、つまりＢＩＮＧＯとハルカの間に痴情トラブルがあったらしいことがわかったんだ」

「痴情トラブル？」

「そうだ。塚原が連れていった三人の中でやつに一番入れ込んでたのが江美で、新しい店に移っても毎晩のように同伴、アフター、店外デートをしてたらしい。で、成り行きで肉体関係を持ち、江美はいよいよマジになったが、塚原にとっちゃ客の一人にすぎないから、他の女とも同じことをする。キレた江美はストーカーまがいの行為を始め、店にも出入り禁止になるが、行動はますますエスカレートしていく……お前も何十回と聞いた話だろ」

私は大きく頷いた。この世界ではさして珍しくもない、ごくありふれた事件だ。

「だから、捜査本部では江美を塚原殺しの重要参考人として追うことにしたんだよ」

「ハルカちゃんが、BINGOを殺したっていうの⁉」

「決まった訳じゃない。だが、そう考えるのが自然だろ。体じゅうに被害者の血をべっとりつけてたんだぞ。それに、江美がお前らの前に姿を現した場所、つまりclub indigoと遺体の発見現場は、目と鼻の先じゃないか」

「ハルカちゃんは犯人じゃないですよ」コナンが言った。

「だって、あんなに激瘦せして、歩くのもやっとってくらい弱ってたんですよ。男を刺し殺すなんて絶対無理だ」

「そうよ。それに、桃花ちゃんやゆうなちゃんの件はどうなるんですか？　ハルカちゃんとほとんど同じ時期に姿を消してるんですよ」

私も加勢すると、豆柴は答えた。

「その二人についても調べてみたが、ハルカ同様、どうしようもない放蕩娘《ほうとうむすめ》だったみたいだぞ。親には半分勘当されたような状態で、もちろん捜索願も出されていない」

「だからって」

「わかってる、ちゃんと捜すよ。そのためにも、江美を見つけることが重要なんだ。二人の行方について、必ずなにか知ってるはずだからな」

「じゃあ、あの車。ハルカちゃんを追ってきた黒いワゴンは？」

「まだそんなこと言ってるのか」

豆柴はわざとらしくため息をついた。

「十中八九偶然通りかかっただけで、事件とはなんの関係もない。お前はいちいち深読みしすぎるんだ」

反論しようとして、また豆柴に遮られた。

「とにかく、江美を見つけ出すのが先決だ。怪しい、なにかあるってだけじゃクロノスのガサ入れはできないし、そもそもホストクラブなんてどこも怪しい噂《うわさ》の一つや二つあるもんだろ」

「それはそうだけど」

「これで質問には全部答えたぞ。とっとと帰って、ホストどもをおとなしくさせろ。今後、捜査現場でお前らの誰か一人でも見かけたら、公務執行妨害で逮捕してやるからな」

豆柴はハエか野良猫でも追い払うように、手のひらを振った。

閉店を待ち、オーナールームで作戦会議を開いた。私はみんなに豆柴から聞いた情報を伝え、屈辱的な対応に対するグチもぶちまけた。

「もうなにかわかっても、あいつにだけは教えてやらないわ」

話を終えるとテーブルの上のグラスをつかみ、ビールを一気に半分飲んだ。

「あんな万年課長の小男、あてにする方が間違ってるのよ」

隣のソファで、なぎさママが呆《あき》れたように言った。ＢＩＮＧＯの事件を知り、心配して来てくれたのだ。

「そうすよ。こうなったら俺たちだけでハルカちゃんを見つけて、ＢＩＮＧＯ殺しの犯人も捕まえてやりましょう」

向かいの席に座ったジョン太が騒ぎ、隣でアレックスも鼻息も荒く頷いた。

「でも、おかしいですね」犬マンが言った。

「ハルカちゃんがＢＩＮＧＯにマジ惚《ほ》れしてるのは知ってたけど、ストーカーなんかするようなタイプには見えなかったけどな」

すると、コナンが手を挙げた。

「同感です。もし他の女に嫉妬《しっと》してキレたとしても、ハルカちゃんならストーキングなんて面倒なことしないで、直接ＢＩＮＧＯさんの横っ面をはり倒してますよ」

「そうそう。ハルカちゃんて、そういうキャラだよ」

ジョン太もアフロ頭を揺らして同意する。

「じゃあ、痴情トラブルっていうのはでっち上げ、つまりクロノスの代表とホストたちが口裏を合わせて警察にウソの証言をしたってこと？　なんのために？」

ママが訊ねた。ごつい手で、膝《ひざ》に乗せた子犬の頭をなでている。生後三ヶ月のトイプードルで、全身きついカールのかかったダークブラウンの毛で覆われている。

「たぶんなにかを隠すためか、ごまかすためよ」

私が答える。

「じゃあ、ハルカちゃんの体にＢＩＮＧＯの血がついてたのはなぜかしら」

「状況はわからないけど、ＢＩＮＧＯが殺された現場にハルカちゃんがいたのは確かね。それより私は、もっと基本的なことが気になってるの」

「基本的なことって？」

「ハルカに桃花にゆうな、三人は揃って家族と絶縁状態で、失踪《しっそう》しても捜索願が出されていない。確かにお水《みず》系って訳ありな女の子も多いけど、ちょっと不自然じゃない？まるで誰かが、身の上を知った上で三人を選んだみたいだわ」

「誰かって誰よ？」

今度の質問には私も肩をすくめ、みんなも首を傾げた。ふと視線を感じて横を向いた。子犬が黒いビー玉のような目でじっと見上げている。手を伸ばしたとたん、牙《きば》を剝《む》いて吠《ほ》えられた。

「ちょっと晶ちゃん。まりんになにするのよ」

ママが私を睨みつけ、子犬を抱き寄せた。

「それはこっちの台詞よ。なでてあげようとしただけじゃない」

「この子、女が嫌いみたいなのよね。特に気の強い三十女が」

むっとして子犬にガンを飛ばすと、オーナーデスクで塩谷さんがカンにさわる声を立てて笑った。ホストたちは俯いて、必死に笑いをこらえている。

なぎさママがこのいまいましい犬を飼い始めたのは、つい最近のことだ。青山のペットショップの店先で目が合い、お得意の〃天啓〃を受けて買ったそうだ。性別はもちろんオス、血統書つきでお値段四十三万円也《なり》。とにかく凄《すさ》まじい溺愛《できあい》ぶりで、どこにでも連れていくらしい。見た目はぬいぐるみのようにかわいらしいが、性格は凶暴そのもの。特に私には敵意を剝き出しにする。まりんとかいう名前がついているが、ホストたちは陰でこの犬のことを〃四十三万円〃という身も蓋《ふた》もない愛称で呼んでいる。

「手がかりになるかどうかはわかりませんが、新たにわかったことがあります」

憂夜さんが口を開き、みんなの視線が集まる。

「どんなこと？」

「開店に際して、クロノスは都内のあちこちのホストクラブから従業員を引き抜いたようです。しかし声をかけられたのは、腕がいいのは確かですが、とにかく名前を上げたい、金を儲《もう》けたい、そのためなら手段も選ばずというタイプのホストばかりです」

まさにBINGOのことだ。「この世界でトップに立ちたい」、彼はコナンにそう話していた。しかし今となっては、そんなBINGOを批判する気にはなれなかった。彼も他の多くの若者たち同様自分の居場所、必要としてくれる人を求め、必死にもがいていたのだろう。

「その手のホストばかりを集めれば、確かに短期間で驚異的な売り上げを上げられるでしょう。しかし、無理に高い酒を勧めたり、強引な営業をすれば客はすぐに逃げるか潰れます。そんな店が長続きしないことは、誰でも知っていますよ」

憂夜さんの言葉に、みんなが頷く。

「それからもう一つ。クロノスのオーナーがわかりました。黒崎《くろさき》という男ですが、関西で風俗店を数店経営していたらしいという以外の経歴は謎《なぞ》です。しかし一部では、黒崎は倉石組《くらいしぐみ》とつながっているという噂も流れています」

「倉石組って？」

「ヤクザです。池袋に事務所を置いて、西口の繁華街を中心に仕切っています」

ホストたちがざわめいた。

目的が見えない引き抜きを行い、客の女が三人も失踪、従業員のホストは殺され、正体不明のオーナーのバックにはヤクザ。クロノスという店、どう考えても「ごく普通のホストクラブ」ではない。

「決めた」

私が言い、みんなと、ついでに四十三万円もこちらを見た。

「客を装ってクロノスに潜り込んでみる。きっとなにかつかめるはずよ」

「反対です。危険すぎる。相手はヤクザですよ」

誰よりも速く、憂夜さんが反応した。

「わかってるわよ。でも他に方法がある？」

「警察に頼みましょう。私からも、柴田さんにクロノスの捜査をお願いします」

「むだよ。確かな証拠を揃えて突きつけない限り、警察は動いてくれないわ。それに、今度こそ本当に逮捕されかねないわよ」

「だからといって、一人で乗り込むなんて無茶ですよ」

「仕方がないじゃない。男連れでホストクラブに行く訳にはいかないから、みんなにつき合ってもらうのは無理だし。店の仲間の中で女は、私だけだもの」

「失礼ね。ここにもう一人いるじゃない」

ぎょっとして隣を見ると、なぎさママと四十三万円が恨めしげな目で私を睨んでいた。

「あたしが一緒に行ってやるわよ」

「えっ？　でもそれは」

「いいの。心配しないで。ＢＩＮＧＯには、アフターでさんざんあたしの店を使ってもらったのよ。ハルカちゃんにも何度か会ったけど、いい子じゃない。あたしにも協力させてよ。それに、いざとなったらボディガードになるわよ。ヤクザだかホストだか知らないけど、柔道黒帯の実力を見せてやるわ」

勝手に話をまとめ、シルクブラウスの袖《そで》をまくり上げて雄々しく力こぶを作った。四十三万円が、羨望《せんぼう》のまなざしでそれを見上げている。

「まあ確かに、ママが一緒に来てくれれば心強いけど」

「いや、しかし」

憂夜さんは呟き、眉をひそめた。すると、塩谷さんが言った。

「じゃあこうしようぜ。クロノスの前に車を停《と》めて、晶とママが中に入ってる間、男たちが交代で見張りをする。で、異状があったり、二時間経っても二人が出てこなかったら、憂夜に連絡して指示を仰ぐ。どうだ？」

「それならまあ」

憂夜さんが渋々納得し、ホストたちの間からは歓声があがった。興奮した四十三万円が、甲高い声で鳴きだした。

念のためにアゼリア通りで車を降り、歩いてクロノスのある小径に入った。湿ったアスファルトはカラスの糞《ふん》で汚れ、煙草の吸い殻が散乱している。

西口五差路から池袋二丁目の交差点まで、劇場通りを挟んだ左右十ブロックほどが池袋を代表する歓楽街だ。規模は新宿歌舞伎町の十分の一程度で、狭い通りに低層の雑居ビルが軒を並べている。飲み屋やキャバクラ、ヘルスにソープはもちろん、ホストクラブが集中しているのもこのエリアだ。

　時刻は午前二時をすぎ、通りには終電を逃したサラリーマンや若者のグループが気の抜けた顔で行き来していた。シャッターを下ろした店の前には、ジーンズやジャージをだぶつかせた若者たちが座り込み、その前を、仕事を終えたキャバクラ嬢やヘルス嬢が疲れた顔で通りすぎていく。

「まりんは元気にしてるかしら」

　なぎさママが、ため息をついた。レオパード柄のワンピースに、ゴールドのパンプス。いで立ちも派手なら化粧も香水も一段と濃い。

「別れてからまだ三十分も経ってないじゃない。それに、ちゃんと家にペットシッターとかいうのに来てもらってるんでしょ？」

「そりゃそうだけど、こんなに長時間離ればなれになるのは初めてなのよ。寂しがってないかしら」

「ないない。今頃元気にシッターさんの向こう脛《ずね》に嚙みついてるわよ」

　断言した私を、ママが睨む。

「ちょっと、失礼なこと言わないでよ。それより晶ちゃん、また腰が落ちてる。歩く時は、背筋と膝をまっすぐに伸ばすって言ったでしょ。一日でハイヒールはき慣れてないってばれちゃうわよ」

「だって、足元がふらついて上手《うま》くバランスが取れないんだもの」

アスファルトにヒールを打ちつけるようにして歩きながら、私は言い訳した。

「情けないわねえ。たったの五センチじゃない。あたしが晶ちゃんの歳の頃には、近所に買い物にいく時も、十一センチヒールをはいてたわよ」

「よくサイズがあったわね。ママの足って確か二十八センチよね？」

憎まれ口を叩《たた》きながら、ちらりと背後を振り返った。二十メートルほど距離を置き、濃紺のワゴン車が徐行運転でついてくる。運転席にはコナン、助手席には犬マンだ。二人して私の恰好と、慣れないハイヒールでのぶざまな歩き方を笑いながら見物しているに違いない。

あの後みんなで計画を練り、私とママは翌日の晩からクロノスに通うことになった。しかし、問題が一つ。典型的な王道系ホストクラブであるクロノスは、客の大半がキャバクラ嬢やソープ嬢といった水商売の女だ。そこにほぼすっぴん、ジーンズにスニーカー姿の三十路《みそじ》女と、全身ブランドづくしの実年ニューハーフの組み合わせで出かければ、明らかに浮く。そこで仕方なく私が変装し、「仕事帰りのキャバクラ嬢（ギリギリ二十代）と、いきつけのオカマバーのママ」という設定をでっち上げることにしたのだ。衣装と小道具の調達は憂夜さん、ヘアメイクはなぎさママが担当してくれた。出がけにindigoに現れた塩谷さんは、金髪巻き髪のカツラにミニのキャミソールドレス、加えてつけ睫毛《まつげ》とマスカラの重ね塗りで目がラクダのようになっている私を見て、「厚化粧を通り越して、特殊メイクの域だな」とコメントした。

クロノスは通りの中ほど、二階建ての小さな古いビルの一階に入っていた。エントランスをくぐると短い廊下があり、その突き当たりに金ピカの看板を貼りつけた重厚なガラスのドアが見える。

ドアの前まで来てもう一度振り返ると、通りの向かい側にワゴン車が停車するのが見えた。運転席の窓がわずかに開き、コナンがこちらに向かって親指を突き立ててみせる。作戦開始の合図だ。

「行くわよ」

私が言い、なぎさママは力強く頷いた。重たいドアを押し開けたとたん、

「いらっしゃいませ」

威勢のいい声と、大音量のダンスミュージックに出迎えられた。

「初めてなんだけど、いいかしら？」

近づいてきた若い男に、ママが言った。

「もちろんです。ようこそクロノスへ」

前髪を鼻の上まで簾《すだれ》のように垂らした男が、にっこりと笑う。

案内されて狭い通路を進みながら、すばやく店内をチェックした。低い天井に人工大理石の床とテーブル、鏡張りの壁、柱や手すりはすべて金色だ。ホストたちは揃って金髪シャギーに黒い肌、ダークスーツにノーネクタイ、はだけた胸にシルバーのネックレスというスタイル。フロアに出ているのが二十名ほどなので、休みや外出中の子、さらに厨房《ちゅうぼう》スタッフを入れると総在籍数は三十名弱といったところだろう。ここまでは予想通りだ。

席に通されるとすぐに別のホストが現れ、ひざまずいて料金とシステムについて説明してくれた。初回に限りフリータイム、税金・サービス料込みで一人五千円、ブランデーと焼酎《しょうちゅう》が飲み放題。そして二回め以降は一時間につきタイムチャージが三千円、税金は五パーセント、サービス料は一五パーセント、他にホストの指名料がかかり、ボトルキープは七千円から。特別高くも安くもない、ごく一般的な料金設定だ。

「担当はお決まりですか？」

説明を終え、男が訊ねた。指名したいホストはいるかと訊いているのだ。一見《いちげん》の客でも、噂を聞いたり、ホームページを見たりして指名ホストを決めている場合も多い。

いないと答えると、分厚いアルバムを手渡された。ホストたちの写真と源氏名、簡単なプロフィールが載っている。それぞれポーズは少しずつ違うが、全員が上目づかいの潤んだ瞳、ナルシシズムと媚《こび》に溢《あふ》れた表情でこちらを見つめている。中には力を込めすぎて目玉が飛び出しそうになっている子や、まぶたの周辺の筋肉が引きつっている子もいた。私が辟易《へきえき》して目をそらすと、ママは言った。

「かわいい子ばっかりで、決められないわ」

「わかりました。では、できるだけ多くのスタッフをお席に伺わせます」

男は答え、下がっていった。これがいわゆる〝フリー〟の状態で、ホストたちが入れ替わり立ち替わりで接客し、その中から次回以降指名する子を決める。ほとんどの王道系ホストクラブでは、永久指名制といって一度指名するホストを決めると、よほどのことがない限り変更できないシステムになっている。

間もなくテーブルに焼酎のボトルと氷、チャーム（おつまみ）が並び、同時にホストが二人現れた。

「ようこそクロノスへ。黎太《れいた》です」

顎の真ん中に一筋ヒゲを生やした男が、名刺を差し出した。

「初めまして。智也《ともや》です」

もう一人は鼻ピアスに金髪のロン毛だ。二人は、私とママを挟むようにして座った。

「あたしはなぎさ。渋谷でバーやってんの。こっちはお友達のアキちゃん、道玄坂の

〈プチセレブ〉ってクラブの子よ。仲良くしてね～」

ママが勝手に源氏名と勤め先の店名を考えてくれた。私は「アキでぇ～す。よろしく～」と小首を傾げてみせたが、笑顔が引きつっている。何層も重ね塗りしたファンデーション、コンシーラーその他の化粧品で表情筋が思うように動かないのに加え、ひどく緊張している。潜入捜査はもちろん、客としてホストクラブに来るのもこれが初めてだ。

「ねえ。この店煙草ＯＫ？」

ママが訊ね、メンソールの煙草を指に挟んだ。

「もちろんです」

頷き、智也は、スーツのポケットからライターを出した。

「じゃあオカマは？　ＯＫかしら？」

シナを作っての問いかけに、黎太ともども爆笑する。

「あ、やっぱお客さん、そっち系ですか？」

「もちろんＯＫです。楽しんでいってくださいよ」

「えっ。じゃあ、ひょっとしてアキちゃんも」

黎太が戸惑ったような視線を私の全身に走らせた。

「ひっど～い！　女に決まってるじゃん。サイテ～」

無理矢理声を張り上げ、黎太の肩を叩く。

「サイテーはこっちの台詞よ。こんな汚いオカマがいる訳ないじゃない。見てよ、この子の乳。小さい上に思いっきり垂れてんのよ」

身ぶり手ぶりを交えて大袈裟《おおげさ》にママがまくしたて、黎太と智也はまた笑い転げた。

「ちょっと！　見たこともないくせにいい加減なこと言わないでよね」

思わずムキになって抗議してしまい、ホストたちはさらに沸いた。ママがちらりとこちらに目配せしてくる。「潜入成功」と言っているらしい。さすがこの道のプロ。わずか数分で場を盛り上げ、ペースを作ってしまった。

その後も、約十五分間隔で次々とホストが現れては去っていった。時間とともに私の緊張も解け、ホストたちとあれこれ話してみたが、想像していたより遙《はる》かにレベルが高い。クールな二の線から突っ込みメインのお笑い系、子どもっぽい天然系と顔ぶれが揃っている上に、みんなマナーがよく、話題も豊富だった。

予定の二時間はあっという間にすぎ、私は名残惜《なごりお》しそうなママをせき立ててキャッシャーに向かった。請求された金額は一人税金・サービス料込みで五千円。初めに説明された通りだ。

「本日はお楽しみいただけましたか？」

背後から声をかけられた。振り向くと、全身黒ずくめの男が立っていた。短く刈り込んだ髪も黒で、毛先をジェルで固めて立たせている。

「とっても楽しかったわ。いいお店ね」

ママがにっこりと微笑《ほほえ》む。男は一礼し、名刺を差し出した。

「ありがとうございます。ご挨拶が遅くなって申し訳ありません」

名前は真咲《まさき》、肩書きは〝代表〟となっている。警察にＢＩＮＧＯとハルカについての証言をした張本人だ。思わず身構えると真咲は、

「新規ご来店のお客様に限り、こちらのくじを引いていただいております。どうぞ」

と言って、キャッシャーの脇を指した。小さな円テーブルが置かれ、黒いノートパソコンが一台セットされている。

「くじって、なにが当たるの？　ブランドグッズとか？」

ママは目を輝かせたが、真咲は申し訳なさそうに首を横に振った。

「いえ。当選された方には、当店のＶＩＰチケットを三枚差し上げております」

「ＶＩＰチケット？」

今度は私が訊き、真咲は私とママをパソコンの前に導いた。

「はい。料金が特別割引になるクーポン券です。ぜひ挑戦なさってください」

十四インチの液晶画面に、ＣＧイラストで中央に取っ手のついた多角形の箱が描かれている。いわゆる〝ガラガラくじ〟というやつだ。箱の前には、『ここをクリックしてスタート！』という表示ボタンもある。

「どうぞ」

真咲がママを促した。

「あたし、こういうの得意なのよ」

ママはなんの迷いもなくパソコンの脇にセットされたマウスをつかみ、スタートボタンをクリックした。箱のイラストが回転を始め、右下から青い玉が一個転がり落ちた。画面が玉のアップになると、真ん中から二つに割れ、中から『はずれ！　残念‼』の大きな黒い文字が躍り出た。

「やだ〜。はずれ⁉」

「申し訳ございません」

真咲は、大袈裟に頭を下げた。そのまま私を見上げ、

「お客様、どうぞ」

と促す。目の妙な光と力の強さに、背筋がぞくりとする。

「アキちゃん、やりなさいよ。あたしの分までリベンジしてちょうだい」

ママが私の肩を押した。仕方なくマウスをつかみ、スタート表示をクリックする。先ほどと同じように箱が回転し、今度は赤い玉が出てきた。割れた玉からは、『大当たり！　おめでとう〜!!!』とカラフルな文字が飛び出した。

「やったじゃない‼」

興奮して叫び、ママは私の背中をばしんと叩いた。足元がぐらつき、転びそうになる。

「おめでとうございます。こちらをどうぞ。VIPチケットです」

真咲は満面の笑顔で、私に長方形の紙片を三枚手渡した。つや消しゴールドの地に黒でクロノスのロゴマークが印刷されている。裏返して見たが、なにも書かれていない。

「特別割引ってどういうこと？」

私が訊くのと同時に、フロアでカラオケが始まった。大音量でイントロが流れ、落ちた照明の代わりに安っぽいカクテルライトが回りだす。歌っているのはホストで、なんとかいうビジュアル系バンドの新曲だ。すると、真咲が私の耳元に口を近づけてきた。キャッシャーのすぐ横にスピーカーがあるため、歌声と伴奏にかき消されて会話ができない。

「こちらのチケットをご持参いただけますと、料金が三〇パーセント割引になります。そのほか詳しいことはこちらに」

真咲が目配せし、レジ係の男の子が表面をラミネート加工したB５サイズの紙を手渡した。黒地に赤の小さな文字がびっしり並んでいるが、表面にライトが反射してよく読めない。サビ部分に入ったのか、歌声のボリュームがぐんと上がり、ライトの回転も一段と速くなった。

「わかったわ。とにかくもらっておく」

書類を返し、受け取ったチケットを借り物のディオールのバッグに押し込んだ。耳鳴りがして、目もちかちかする。足早にキャッシャーから離れ、店の外に出た。真咲とホストたちが数名、慣れた様子で整列し花道を作る。

「ありがとうございました」

声を揃え、一斉に頭を下げた。通りを行く人が何ごとかと振り返って見る。

「ありがとね。また来るわ～」

なぎさママが上機嫌で手を振る。

「またのご来店をお待ちしています」

真咲は私の目を見つめ、静かに微笑んだ。


それから三日ほど間を空け、再びクロノスに行った。初回はどこの店もいいところしか見せないもの、今度こそ、と意気込んで出かけたが、怪しい話をもちかけられることも、無理に高い酒を勧められることもなかった。さらに三度めも同様で、楽しく飲んで騒いであっという間に二時間が経ってしまった。

四度めに出かけたのは、クロノスに通い始めてから十日ほど経った晩だった。

「今夜こそ、なにかつかんでやる。絶対飲みすぎないでよ」

池袋に向かう車の中で私が忠告すると、ママは手鏡を覗きながら顔をしかめた。

「わかってるわよ。しつこいわね」

「どうもママは、あの店に行く目的を見失ってる気がするのよね」

ママはクロノスがすっかり気に入ってしまったらしい。毎回大はしゃぎでボトルを空にした上、ホストたちにマラカスやタンバリンを振らせながら、カラオケで青江三奈《あおえみな》やら美川憲一《みかわけんいち》やらの六〇年代ムード歌謡を歌いまくった。

「バカねえ。あれも作戦の一つなの。わざとバカっぽいカモれそうな客を装って、向こうの出方を見てるのよ。それに、せっかく割引チケットが当たったのにけちけちしてたら、かえって怪しまれちゃうわ」

「よく言うわ」

呆れた私を無視して、ママは化粧直しを再開した。

「しかし、そのVIPチケットってすごいっすね」

助手席に座ったジョン太が、大きなあくびをしながらこちらを振り返った。運転席にはDJ本気。今夜はこのコンビが見張り当番だ。

「三〇パーセント割引を三回でしょう？　ボトルをキープしてたら、客はほとんどただですむじゃないすか。何人に当たるのか知らないけど、よくやっていけるなあ」

みんなにくじ引きで当たったVIPチケットを見せたところ、「話がうますぎる。怪しい」という声があがった。しかし、恐る恐る二度めの来店時に使ってみると、本当に料金が割引になった。もちろん、文句を言われたり、脅されたりすることもなかった。

「そうなのよね。でも憂夜さんは、大手の傘下じゃない新規参入店が生き残ろうとしたら、赤字覚悟でこれくらいのサービスはするかもしれないって言ってたわよ」

「そんなもんすかねえ」

ジョン太は、またあくびをした。左右のまぶたが腫《は》れぼったくむくみ、目がいつにも増して細く見える。つられて、DJ本気もハンドルを握りながらあくびをした。ワゴン車は真夜中の山手通りを北上している。

「ちょっと、あんたたち大丈夫？　さっきからあくびばっかりしてるじゃない」

真っ赤な口紅を重ねて塗りながら、ママが眉をひそめた。

「寝不足なんすよ。ゆうべ店でお客さんの誕生パーティをやったんだけど、閉店までさんざん騒いだ後アフターにもつき合わされて、朝の八時まで飲んでたんす」

だるそうに首を回し、ぼんやりした顔でジョン太が説明した。店の仕事に加えて交代で私たちの送り迎えと見張り、ホストたちにも疲労の色が見え始めている。

「大丈夫？　運転を代わるわよ」

不安になって申し出たが、DJ本気は首を横に振った。

「大丈夫です。運転も見張りもビシッとやりますから、安心してください」

言葉は力強いが、強烈なミントの香りが漂ってくる。眠気覚ましのガムを数枚まとめて噛んでいるらしい。

四度めのクロノスも、特に変わりはなかった。ホストたちはノリがよく、客席はほとんど満席、なぎさママはお気に入りのホストたちに囲まれて上機嫌だ。

異変が起こったのは、店に入って三十分ほど経った頃だった。トイレに立ったついでに浮き上がってきた目尻のシワをファンデーションで塗り込め、カツラを整えて席に戻ると、ママが姿を消していた。ホストの話では、携帯にかかってきた電話に出たとたん血相を変え、帰ってしまったという。

「『まりんが大変なの』、とかなんとか言ってたけど」

ホストの一人が、訳がわからないという顔で告げた。

私は心の中で舌打ちしてトイレに戻り、携帯電話でママの番号を呼び出した。

「もしもし、晶ちゃん？　ごめんね～」

電話に出るなり、ママはそう謝った。

「突然どうしたのよ」

「晶ちゃんがトイレに行ってる間にペットシッターの女の子から電話があって、まりんがいなくなったって言われたのよ」

「いなくなった？」

「散歩に行きたがったから外に出たらしいんだけど、途中であの子がシッターの子の足首に噛みついたそうなの。で、驚いて引き綱を離したら、逃げちゃったって」

あまりに予想通りの展開なので、なにも言う気が起こらなかった。つぶらな瞳を邪悪に輝かせ、シッターの女の柔足《やわあし》に牙を立てる四十三万円の姿がありありと目に浮かぶ。

ママは興奮した様子で話を続けた。

「きっとシッターの子は、まりんがいやがることを無理矢理しようとしたのよ。かわいそうに、あの子今頃どこかで震えながら、あたしが迎えにくるのを待ってるわ」

「だからって勝手に帰らないでよ。まりんならシッターさんが捜してくれるわよ。すぐに戻ってきて」

「だめよ。うちの近所でまりんが逃げ込みそうな場所は、あたししか知らないんだもの。それにもうタクシーに乗っちゃってるし。いいじゃない、晶ちゃんだけでも遊んでいきなさいよ」

私は背中を丸め、手のひらで通話口を囲んだ。

「だから遊びにきてるんじゃないんだってば。とにかく、急に一人にされても困るわ。心細いじゃない」

「わかってるわよ。でも晶ちゃんが急に慌てたり、おどおどしたりしたらそっちの方が怪しまれるわよ。堂々として座ってればいいの。それに、ジョン太たちにも、晶ちゃんが一人になったことはちゃんと話しておいたから」

その時、トイレのドアがノックされた。

「アキちゃん、大丈夫？」

同席しているホストの声だ。確かに怪しまれるのが一番まずい。私は電話を切り、ドアを開けた。

「ごめんね〜。お化粧を直してたの」

能天気に答えると、ホストも笑顔で熱いおしぼりを差し出してきた。

「よかった。具合が悪くなったんじゃないかって、心配しちゃったよ。なぎさちゃんはどうしたの？　まりんって誰？　なぎさちゃんの彼？」

「まあ、そんなようなもの。よくわかんないけど、すごく大事な用ができたんだと思う。仕方ないよね」

「ふうん。じゃあ、今夜なぎさちゃんはもう戻ってこられないんだね？」

ホストは、鬱陶《うっとう》しそうな前髪の隙間から私の顔を覗き込んだ。

「たぶんね。私だけじゃダメ？」

「まさか。アキちゃんがいてくれるだけで、チョ〜嬉《うれ》しい」

「ホント？　よかった。私もチョ〜嬉しい」

無理矢理テンションを合わせて微笑み返すと、

「じゃあシャンパンで乾杯しようよ。俺、オーダー入れてくるから、先に席に戻っててくれる？」

と言い、足早にバックヤードの方向に歩き去った。

その後改めてドンペリで乾杯し、一時間ほど話し、乗せられてカラオケまで振りつきで一曲歌った（中森明菜《なかもりあきな》の『½の神話』）。帰り支度をしてキャッシャーに立ったのは、午前三時すぎだった。これも借り物のヴィトンの財布からＶＩＰチケットの最後の一枚を取り出し、カウンターの上に置く。すると、レジを叩いていた男が言った。

「お会計は、百五十六万八千円です」

「はあ？」

「ご請求金額は、百五十六万八千円になります」

指先でレジの金額表示画面を示し、男が繰り返す。しかも真顔だ。

「どういうこと？　二時間いただけだし、ＶＩＰチケットも使ったのよ。そんな金額になるはずないじゃない」

「私からご説明させていただきます」

ぎょっとして振り向くと、真咲が立っていた。今日も黒ずくめ、前髪もほぼ直角に立っている。彼に会うのは、初めて店に来た時以来だ。

「お客様は、これで三枚のＶＩＰチケットを全て使いきられたことになります。よって、本日の飲食代に加え、これまでにご利用いただいたチケットの割引対象外となる料金を精算していただきたく、お願いしております」

淀《よど》みのない口調で、穏やかな笑顔を浮かべながら、そう説明した。

「割引対象外の料金⁉　そんなの聞いてないわよ」

私の大声に、入口近くの席に座った客が振り返った。しかしホストたちは素知らぬ顔で客に酒を勧め、おしゃべりを続けている。

「わかりました。では、上の者からご説明させていただきます」

「上の者？」

「はい。当店のオーナーを呼びますので、事務所でお待ちいただけますか」

言いながら、真咲はフロアの奥を指した。一瞬迷ってから、私は頷いた。

「わかったわ」

不安より、割引対象外料金の正体と噂のオーナー・黒崎に会いたいという気持ちの方が強かった。それに、いざとなればジョン太たちが助けにきてくれるはずだ。

真咲の後についてフロアを横切り、バックヤードに向かった。手前に厨房、隣にホストたちのロッカールーム、狭い通路を挟んで向かい側に事務所という造りらしい。突き当たりには非常口のドアも見える。

「どうぞ」

促され、室内に入った。応接ソファにスチールの書類棚、事務机がいくつか。客席フロアとは別世界のように地味な事務所だ。壁が厚いのか、店内の喧噪《けんそう》も伝わってこない。

ソファに座っていた中年男が二人、立ち上がって私に席を譲った。揃ってヘアスタイルはパンチパーマ、サマーセーターの胸には派手な刺繍《ししゅう》が施されている。ボトムスは裾《すそ》の広がった黒いスラックス、革靴の先端はサメの鼻のように尖っていた。絵に描いたようなその筋のファッションだ。

ソファに腰かけ、下品な目つきでこちらを眺めるパンチパーマコンビにガンを飛ばしていると、ドアから背の高い男が入ってきた。

「オーナーの黒崎です」

男はそう名乗って頭を下げた。歳は四十半ば。真ん中分けの黒髪で小さな縁なし眼鏡《めがね》をかけている。ダークスーツを着ているが、ホストにもヤクザにも見えない。爬虫類《はちゅうるい》のような目つきと整えすぎた眉を除けば、エリート商社マンと言えなくもない。

「当店のサービスシステムにご不満をお持ちだとか？」

私の向かいに座りながら言った。その後ろに真咲とパンチパーマの男たちが並ぶ。

「不満もなにも、どうして百五十万も払わなきゃならないの。割引対象外の料金ってどういうこと？」

余裕を見せるつもりで、脚を組んで訊き返した。

「差し上げたチケットで割引になるのは、飲食代だけです。その他の料金は別途ご請求させていただいております。また、チケットご利用のお客様は名前の通りＶＩＰ待遇となりますので、お連れ様分も含め、料金設定は通常とは異なります。明細はこちらの方に」

黒崎が視線で促し、真咲が伝票を差し出してきた。引ったくるように受け取って見ると、確かに酒とつまみは三回とも割引が適応され、ただのような金額だった。問題はその他だ。ホスト指名料が一名一時間につき五万円、ヘルプが一名ついて二万円、さらにテーブルチャージとボックスチャージが一回につきそれぞれ二〇パーセントもかかる。これを三回×二人分、最後に私が一曲、ママが二十曲以上歌ったカラオケの料金・一曲一万円の合計を加え、出てきた総合計請求金額が百五十六万八千円ということらしい。

「よくもまあ」

呆れ返ってそれ以上言葉が出てこなかった。こんな古典的かつ初歩的なぼったくりの手口を、よく臆面《おくめん》もなく使えるものだ。

「とにかく、私にこの代金を払う義務はないわ。だって、詐欺だもの。割引が飲食代だけとか、ＶＩＰ料金なんて一度も聞いてないわよ」

「言いがかりは困りますね」

指先で眼鏡のブリッジを押し上げ、黒崎は言った。

「真咲が、きちんとチケット利用時の規約をお見せしています」

「ウソ言わないで。そんなの見てないわ」

待ちかまえていたように、真咲がテーブルになにかを載せた。ラミネート加工された黒いB5の紙にびっしりと細かい文字が並んでいる。VIPチケットをもらった時に、真咲が見せてくれたものだ。確かにあの時彼は、「詳細はこちらに」と言っていた。慌てて利用規約に目を通すと、たった今黒崎に説明された通りのことが書かれている。

やられた。そう悟ると同時に全身の力が抜けた。

「でも、あの時は暗くてよく読めなかったのよ。それにカラオケがうるさくて」

「それはお客様の個人的な事情でしょう？　私どもには関係ないことです」

「そんな」

「とにかく、料金はお支払いいただきますよ。念のため申し上げておきますが、当店は売掛もクレジットカードも取り扱っておりませんので。百五十六万八千円、現金でお持ちですか？」

私はやけくそになって答えた。

「持ってる訳ないでしょ」

「では、仕方がありませんね」

わざとらしくため息をつき、黒崎は肩をすくめた。

「警察に、と言いたいところですが、ご安心ください。当店としては、お客様に代金相応の仕事をしていただければ、表沙汰にする気はございません」

「仕事？」

「はい。ただし、お客様の場合かなり時間がかかるのは覚悟してください。それなりにお歳も召してらっしゃるようですし」

こちらを小馬鹿にしたような口調で言った。言葉づかいが丁寧なままなのが、腹立たしさを倍増させる。

「ちょっと、それどういう意味よ」

むっとして言い返すと、黒崎の手が伸びてきて、私のカツラを奪い取った。真咲や男たちがぎょっとして見る。

「そのメイクもファッションも、無理に水商売風になさっているようですが、むだですよ。こちらもその道のプロですので。どんな事情があってそんな恰好で来店されたのかは後でゆっくり伺うとして、まずはあちらへどうぞ」

黒崎は薄い唇を歪め、右手でドアを示した。

抵抗する間もなく男たちに腕をつかまれ、通路に連れ出された。突き当たりまで歩き非常口のドアから外に出た。鉄製の狭い非常階段を登り、二階に上がる。男の一人がカギを取り出し、非常口のドアを開けた。薄暗い廊下を進み、小さなドアの前で立ち止まった。男が別のカギで解錠して室内に入る。

狭い玄関に女物のパンプスやミュールが脱ぎ散らかされていた。トイレとバスルームと思しきドアが並ぶ短い廊下を抜け、ガラスのドアを開けた。広い部屋だが、窓は打ちつけた板でふさがれ、ビニールタイルの床には絨毯《じゅうたん》が敷かれている。中央に大きなローテーブルが置かれ、その周囲に下着姿の女が十人ほど毛布にくるまって寝ころんだり、骨の浮き出た脚をだらしなく広げて座っていた。空気は淀み、甘ったるい体臭で息が詰まりそうだ。

「おい、新入りだ。仲良くしてやれよ」

男の一人が声をかけ、女たちはのろのろと顔を上げた。艶のない髪、青白い顔。どす黒い隈に縁取られた瞳からは、なんの感情も読み取れない。

真っ先に目に留まったのが、ハルカだった。思わずあげそうになった声を、必死に呑み込む。傍《かたわ》らには、桃花とゆうなの姿もあった。ハルカはこの間見た時よりもさらに憔悴《しょうすい》した様子で、左目の周囲が赤黒く腫れ上がり、唇の端も切れている。

「この子たちになにをしたの？　仕事ってなによ」

「いやでもわかる。それまでおとなしくしてろ」

男たちは下卑た笑い声をあげ、乱暴に私の背中を押して床に転がした。

ドアに鍵《かぎ》をかけ、男たちが立ち去るのを確認してから、私は立ち上がった。女たちに歩み寄ると、饐《す》えた臭《にお》いが鼻を突いた。テーブルの上は、コンビニ弁当やペットボトルの空き容器、スナック菓子の袋などに覆いつくされている。

「みんな大丈夫？　いつからここにいるの？」

見回しながら声をかけたが、返事はない。俯くか、だるそうに寝返りを打って私から目をそらす。ひどくやつれてはいるが、全員私より十歳以上年下だろう。かつてはきちんとセットされていたはずの金色のロングヘアも、揃ってカールは絡み、毛先は枝毛だらけだ。加えて、生えぎわに伸びてきた黒髪の長さも全員ほぼ同じ。ほとんど同時期に監禁されたということか。

「ハルカちゃんよね？」

正面に回り、顔を覗き込んだ。ハルカはテーブルの前で、膝をきつく抱え込むようにして座っていた。

「十日ぐらい前の明け方、渋谷の club indigo の前で会ったでしょう。覚えてる？」

「indigo？」

だるそうに顔を上げ、ろれつの回らない舌でハルカが言った。

「そう。私は高原晶。あの店のオーナーなの。ハルカちゃん、よく遊びにきてくれたわよね。ＢＩＮＧＯがお気に入りだったでしょ？」

「ＢＩＮＧＯ……ＢＩＮＧＯって……」

ふいに目に光が戻った。身を起こし、私の腕にしがみついてきた。

「助けて！　ＢＩＮＧＯが刺されたの。早くしないと死んじゃう！」

私は口の前に人差し指を立てて声を落とすように促し、もう片方の手で骨張った背中をさすった。

「わかったから落ち着いて。なにがあったの？　どうしてハルカちゃんや他の女の子たちはここにいるの？　初めから話して」

「あなた誰？　indigo のオーナーって」

「詳しいことは後で説明する。とにかく、私はあなたたちを助けにきたの。だからこれまでのことを話して」

一瞬のためらいの後ハルカは頷き、話し始めた。

「ＢＩＮＧＯに店を移るからついてきてくれって頼まれて、クロノスに通い始めたの。桃花やゆうなも同じ。でも、くじで当たったＶＩＰチケットを使ったら、三回めにすごい大金を請求されちゃって」

「ハルカちゃんも⁉」

「でも、あんなの詐欺だよ。真咲はちゃんとチケットの利用規約を見せたって言うけど、部屋は暗いし、カラオケはすっごくうるさいしさ。それに他の女の子たちも、指名したホストは違うけど、同じ手口で騙《だま》されたって言ってる」

「なるほど」

すべてが計算ずくなのだ。真咲がＶＩＰチケットの説明を始めると、誰かが合図してカラオケを始める手はずになっているのだろう。店内を暗くするのは利用規約の読みにくい文字をさらに読みにくくするため。大音量のカラオケとキャッシャーの横のスピーカーは客の注意をそらし、とにかく券を受け取らせてしまうためだ。チケットを使った客には一度め、二度めと割引対象料金だけを支払わせて安心させ、たっぷり金を使わせた上で三度めに法外な金額を請求するという手口だ。

「それで、文句言ったら事務所に連れてこられた。お金がないなら働いて返せって言われて、閉じこめられたの。この部屋、表向きはホストの寮ってことにしてるみたい」

「仕事って？」

「裏口から車に乗せられて、渋谷とか新宿のホテルで男の相手をさせられるの。終わったらまた車でここに連れて帰られる。その繰り返し」

「それってまさか」

「そう。ホテトル」

ハルカは答え、顔を背けた。

私の沈黙を批判と感じたのか、ハルカが声をあらげた。

「あたしだっていやだったよ。だから必死に抵抗したの。でもだめ。殴られて蹴《け》られて、シャブまで注射された。他の子だって同じ。シャブ中にさせられて、ぼろぼろだよ。みんなとっくに払えなかった代金の分は働いてるんだよ。でも、シャブが欲しくて注射してもらうと、その分の借金がどんどん増えていく。逃げたくても逃げられないの」

「なんてことを」

腹の底から怒りがこみ上げてきた。黒崎の人を小バカにしたような口調も、真咲の薄ら笑いも、絶対に許せない。

「ハルカちゃんたち、ジャスミンに自分で電話をかけて辞めてるわよね？　あれはどうしたの？」

「ここに来てすぐ、さっきの男たちの監視つきでかけさせせられたの。あいつら、神原組の組員だよ。他の子も同じように電話させせられてた」

「他の子も？　みんなどんな仕事してたの？」

「よく知らないけど、お水とかフリーターとかだと思う。電話一本で簡単に辞められてたから。実家に電話させせられた子もいたよ。『旅行に行くから当分連絡取れなくなる』って」

「それだけで親は納得するの？」

私が驚くとハルカは目をそらし、吐き捨てるように言った。

「するよ。親なんて、子どもを放ったらかしか、無理矢理言いなりにさせようとするやつばっかじゃん。どっちも、あたしの話なんか聞いてくれない。だから全部捨てて、楽しいこと探すために東京に出てきたの。桃花やゆうなも、他の子たちもきっと同じだよ」

「そういうことか」。私は心の中で呟いた。

黒崎と倉石組は初めから売春組織を作る目的で、クロノスを開店させたのだ。そしてホストたちが訊きだした情報を基に、顧客の中から失踪しても騒ぎになる可能性の低い職業や身の上の女を選び、ＶＩＰチケットを与えて罠《わな》にはめたのだ。あのくじ引きも、獲物の女が引いたら必ず当たりが出るように、パソコンを細工しているのだろう。

「ホストたちは黒崎たちがやってることを承知で、この店で働いてるの？」

「初めのうちは知らないと思う。でも、気づいても外でしゃべったら殺すって脅されてるし、お金が欲しいから見て見ぬふりしてる」

「ＢＩＮＧＯもそうだったのかしら」

私の言葉に、ハルカは激しく首を横に振った。

「違う！　クロノスの正体を知ったＢＩＮＧＯは、あたしを助けてくれようとしたの。この前の夜。ＢＩＮＧＯはあたしの乗った車を尾行して、道玄坂のホテルから隙をついて連れ出してくれた。ホントだよ。でも、途中で見つかって、追ってきた男にナイフで刺されちゃったの。一生懸命逃げて神社に隠れたんだけど、全然血が止まらなくて、Ｂ

INGOもあたしも服や体が真っ赤になって……そしたら、BINGOが『俺は大丈夫だからお前一人で逃げろ』って。『indigo に行って助けてもらえ』って言われたの」

「それで店の前まで来たのね？　でも、追っ手が来るのが見えたから思わず逃げ出してしまった。あの黒いワゴンがそうなんでしょう？」

「うん。あの後すぐに捕まって、ここに連れ戻されてめちゃめちゃ殴られた」

言いながら、ハルカは指先で唇の傷に触れた。そして再び思い出したように、

「ねえBINGOは？　助かったのよね？」

と訊ねてきた。私はハルカの目を見て答えた。

「亡くなったわ。あの日の夕方、遺体で発見されたの」

「ウソでしょ⁉」

ハルカの顔がみるみる歪み、血走った目に涙が滲《にじ》む。

「泣くのは後！」

私の声に、ハルカはびくりと肩を揺らした。他の女たちが、濁った目をこちらに向ける。

「泣くのも嘆くのも、ここを抜け出してからにしなさい。わかってる？　BINGOは自分の犯した過ちに気づいて、命がけでハルカちゃんを助け出そうとしたのよ。だから一刻も早くここから出なきゃ。そのために私が来たの。這《は》ってでも、みんなでこのろく

でもない店から逃げ出すのよ」

「でもどうやって？　窓はないし、ドアには鍵がかかってるし。ひょっとして、携帯を持ってるの？」

私は首を横に振った。携帯電話は、さっき事務所でバッグごと取り上げられてしまった。

「大丈夫。手は打ってあるの。もうすぐ助けが来るはずよ」

自信たっぷりに言い切ったものの、これまた借り物のフランク・ミュラーの腕時計を覗いたとたん、不安になった。

おかしい。約束の二時間はとうにすぎている。ジョン太たちが憂夜さんに異状を知らせてくれれば、もう助けが来てもいいはずだ。

「どうしたの？　助けっていつ来るの？」

「すぐよ、すぐ。きっと、いま出たところ」

無理に明るい声を作り、そば屋の出前のような答えを返した。

突然、ドアが開いた。黒崎と男たちが立っている。ハルカが怯えたように私の背後に隠れた。

「なるほど。そういうことでしたか、高原様。あなたがあの club indigo のオーナーだとは。知らなかったとはいえ、大変失礼しました」

言いながら近づいてきた。相変わらず口元に歪んだ笑みを浮かべている。私はすばやく立ち上がり、体勢を整えた。

「立ち聞きしたのね？　それとも盗聴器でも仕かけてあるのかしら。極悪人の上に変態なんて、救いようがないわね」

「気分を害されたのならお詫《わ》びします。しかし、お蔭《かげ》であなたがそんな恰好で来店された理由がわかりました。まさか人助けとはね。自分の店を裏切って引き抜き話に乗ったホストと、その客ですよ？　つくづく甘い人だ」

「甘くて結構。しょぼい手口で女を食い物にして、汚れた金を稼いで喜んでる連中よりましよ。こんな悪事がばれないとでも思ったの？　あんた、自分で思ってるほど頭がよくないわよ」

　斜め三〇度からガンを飛ばしながら言い返す。

「まあそう怒らないで。これを打てば気も鎮まりますよ」

　黒崎が目配せすると、男たちが近づいてきた。一人は手に透明な液体が入った小さな注射器を持っている。

「ちょっと、やめてよ。冗談でしょ」

　慌てて後ずさったが、後ろはすぐ壁、逃げようがない。あっという間に部屋の隅に追い込まれた。ハルカや女たちは呆然《ぼうぜん》とそれを見守っている。

「大丈夫。静脈ではなく筋肉注射ですから、注射針の痕《あと》は残りません。薬の効きめはいまいちですが、あなたの綺麗な肌を汚したくありませんし、今後お相手をしていただくお客様にもいやがられるんですよ」

　黒崎が言った。ぺらぺらとよくしゃべる男だ。

「こんなもの打たれたら、どうなるかわからないわよ。きっと暴れてこの部屋をめちゃくちゃにして、おまけに他の女の子たちを」

　負けじとしゃべり続けたが、黒崎の合図と同時に男たちが左右から私の肩を押さえつけてきた。全身の力を振り絞り、足もばたつかせて抵抗したがびくともしない。今にも腕に突き立てられようとする銀色の針を見て、思わず叫んだ。

「やめて！」

　その時、玄関のドアが蹴破られる大きな音がした。続いてどたばたという靴音が響き、アレックス、犬マン、コナンが部屋に飛び込んできた。

「遅い！」

　思わず怒鳴ると、アレックスが獣のような声をあげながら駆け寄ってきて、注射器を構えた男の腕をねじり上げた。ぽきりと乾いた音がして、肘《ひじ》の関節があり得ない方向に曲がった。男は絶叫し、注射器が床に落ちてくだけた。

「なんだてめえ！」

殴りかかってきたもう一人の頭を、アレックスはグローブのような手で押さえつけた。もう片方の手でサマーセーターの襟首をむんずとつかみ、部屋の反対側に勢いよく投げつける。テーブルが倒れ、ゴミが宙を舞った。女たちが悲鳴をあげて立ち上がる。

「私に触るな！」

ヒステリックな声があがった。黒崎が犬マンとコナンの手を振り払い、逃げ出そうとしている。

「そいつが黒崎よ！　BINGOを殺して、女の子たちを監禁した黒幕！」

私が叫ぶと、アレックスは黒崎に腕を伸ばした。

そこにクロノスのダークスーツ、金髪ロン毛のホストたちが駆け込んできて、「殺すぞ！」「ざけんじゃねえよ！」等々物騒な言葉を吐きながら、犬マンたちに襲いかかった。あっという間に大乱闘となり、その隙に黒崎はまんまと脱出した。

「すぐ戻るから！」

私はハルカにそう言い残し、男たちの間をすり抜け黒崎の後を追った。

薄暗い廊下で黒崎と憂夜さんが睨み合っていた。ぎょっとして立ち止まった私に、シルバーグレイのマオカラースーツに身を包んだ憂夜さんは、静かな声で告げた。

「高原オーナー。危険ですので下がっていてください」

腰を低く落として膝を曲げ、前後に足を開いている。拳は軽く握られ、右手は体の前、左手は顎の下、カンフー映画でお馴染《なじ》みのポーズだ。

「あんたが伝説の男・憂夜か。会いたいと思ってましたよ。どうです、こんな無粋な女ではなく、私の下で働きませんか？」

黒崎が言った。減らず口は相変わらずだが、笑顔は引きつっている。

「ふざけるな、この外道《げどう》が。お前のような腐った人間に、この世界で生きる資格はない」

憂夜さんが黒崎を睨んだ。今までに一度も見たことのない、冷たく鋭い目をしている。

「それは残念」

いきなり黒崎が殴りかかった。憂夜さんはそれを待ちかまえていたように右手首で受け、間髪を容《い》れずに左拳を前方に繰り出し、黒崎の腹にめり込ませた。顔をしかめ、かがみ込んだ首筋にとどめの手刀を振り下ろす。失神した黒崎が足元に転がるまでに、三秒もかからなかった。

「おケガはありませんか？　遅くなって申し訳ありません」

そう言って、憂夜さんは私にうやうやしく頭を下げた。櫛目《くしめ》も鮮やかなオールバックヘアには乱れ一つなく、いつもの香水を涼しげに漂わせている。

「ない。ないけど」

「なんでカンフー？　伝説の男ってどういうこと？」。今度こそ訊いてやろうと思ったその時、「女の子たちは部屋の中ですね？」と訊ね、憂夜さんはドアに向かった。

「そうよ。いま救急車を呼ぶから、応急処置をお願い」

我に返り、私は非常口のドアを開けて階段を駆け下りた。店に戻り、通路を進むと前方で、

「やめろ、バカ野郎！」

情けなくも偉そうな悲鳴があがった。塩谷さんだ。足を速め、客席フロアに出たとたん、私は目を見張った。

indigo とクロノス、二つのホストクラブのホストたちが、店内を破壊しつくしながら大ゲンカを繰り広げている。ジョン太はアフロヘアを引きずり回されながらもローキックを連打し、DJ本気はテーブルをなぎ倒しながらつかみ合い、山田ハンサムまでもが壁の鏡を叩き割りながら、ドンペリのボトルを振り回していた。対するクロノスのホストたちも金髪のセットは乱れ、ダークスーツの袖は裂け、日サロで焼いた肌も血まみれだ。怒号が飛び交い、埃《ほこり》が舞い上がり、その中を客の女たちが金切り声を張り上げながら右に左に逃げまどっている。

「バカ。ボサッとすんな。早く助けろ！」

怒鳴り声で我に返った。塩谷さんは壁際に追いつめられて尻もちをつき、手足を必死

にばたつかせて抵抗している。その頭上では黒ずくめの男が合成皮革の丸ソファを振り上げていた。この後ろ姿と突き立てた髪は絶対に忘れない。真咲だ。

私は周囲を見回し、床に転がっていたカラオケ用のマイクをつかんだ。背後から真咲に駆け寄り、マイクヘッドで力任せに後頭部を殴りつけた。鈍い音がして、丸ソファ、真咲の順に床に転がる。

「試合終了。そこまでだ」

耳障りなハウリングの後、店内に大音量で男の声が響いた。全員がケンカの手を止め、振り返る。入口のドアの前に、五十がらみの恰幅のいい男が拡声器を手に立っていた。

「警察だ。それ以上続けるなら、全員公務執行妨害で逮捕するぞ」

入口と裏口から制服姿の警官たちがわらわらと駆け込んできた。妙に白けた空気が流れ、ホストたちは振り上げていた拳やつかんでいた相手の胸ぐらを放した。


警官たちに促され、店の外に出た。騒動に関わった者全員が、池袋警察署で事情聴取を受けなくてはならないらしい。

明るくなり始めた通りには赤色灯を回転させたたくさんのパトカーと救急車が停まり、通行止めにされた通りの左右に、ひしめき合う野次馬とテレビカメラも見えた。

まずパトカーに押し込められたのは、黒崎と真咲だ。二人とも警官に抱えられるようにして歩き、顔を歪めながら黒崎は腹部の、真咲は後頭部の痛みに耐えている。後ろからはパンチパーマの男たちも続く。

次いでハルカたちが全身をすっぽりと毛布で覆われ、救急隊員につき添われて救急車に乗り込んだ。自力で歩くことができず、担架で運び出される女もいた。

「お前ら。またやらかしてくれたな」

サイレンを鳴らしながら走り去る救急車を見送っていると、豆柴が現れた。

「捜査に首突っ込んだら逮捕すると言っただろうが」

果てしなく広い額を、怒りで真っ赤に染めている。

「なんで柴田さんがここにいるの？」

なにも考えずに訊くと呆気《あっけ》に取られた顔になり、次にがっくりとうなだれた。

「憂夜。お前から話してやれ」

「喜んで」

憂夜さんは優雅に微笑み、これまでの一部始終を説明してくれた。

私となぎさママがクロノスに入った後、ジョン太とDJ本気は見張りを始めた。しかし、前夜のどんちゃん騒ぎが祟《たた》り、眠くて仕方がない。そこでなぎさママが帰った後、交代で十分ずつ寝ることにしたらしい。ところが、ジョン太は自分が見張る番の時につい眠り込んでしまい、憂夜さんの電話で二人が目覚めた時には、とっくに二時間以上経過していた。異常事態の発生に、憂夜さんは適当な理由で店を閉め、ホストたちと共に池袋に向かった。そしてクロノスのホストの一人を締め上げ、私の居所を吐かせたという訳だ。

「じゃあ私が覚醒剤《かくせいざい》を打たれかけた原因は、ジョン太たちの居眠り？」

「すみません！」

背後から大声で謝られた。ジョン太とＤＪ本気、その他 indigo のホストたちがずらりと顔を揃えている。

「危ないめに遭わせて申し訳ありません！　全部俺の責任です」

ジョン太が膝まで頭を下げた。横からはＤＪ本気が、身を乗り出して相棒をかばう。

「いや、悪いのは俺です！　交代で寝ようって言い出したのは俺なんです」

「もういいわよ。ぎりぎりだったけど助けに来てくれたし、ハルカちゃんたちも無事に救い出せたんだから……じゃあ、警察には憂夜さんが通報してくれたのね。私が帰ってこないって言ったんでしょ？」

「お前が消えたくらいで、こんなに大勢の警官が動くはずねえだろう。塩谷が俺に電話してきたんだよ。『クロノスに宮田江美が隠れてるって情報をつかんだ。捕まえろ。早くしないと逃げる』って。だから慌てて池袋署に連絡して、緊急出動してもらったんだ。全く、まんまと騙されたよ」

舌打ちして、豆柴が塩谷さんを睨む。しかし当の本人は、どこ吹く風でそっぽを向いている。苦笑し、憂夜さんが割って入った。

「まあまあ、柴田さん。江美は本当にクロノスにいた訳ですし、BINGO殺害の件も解決しそうなんですから、結果オーライということで」

「なにが結果オーライだよ。やりたい放題じゃねえか」

ホストたちを眺め、豆柴が息をつく。全員顔も服もぼろぼろで、鼻血に擦り傷、切り傷のオンパレード。ある意味壮観。特にジョン太は自慢のアフロ頭が無惨にひしゃげ、前歯も一本折れている。加えてDJ本気の左目は、半分しか開かないほど腫れ上がっていた。

「その点は心からお詫びします。私は警察の皆さんにお任せしろと止めたのですが、彼らは『晶さんは俺らが助け出す』と言って店を飛び出していってしまったんです。今後は二度とこのようなことがないよう、重々言って聞かせますので」

「当たり前だ。あってたまるか」

豆柴は顎をしゃくり上げて言い、さらに私を指してこうつけ足した。

「ついでにこいつにもよく言っておけ。たとえどんな事件だろうが、今後探偵気取りでしゃしゃり出てきやがったら、すぐに club indigo の営業許可証を取り上げてやるからな。いいか、もう一度言うぞ。男勝りは——」

「名前だけにしとけ」

塩谷さんが引き継ぎ、ひひひといやらしい声を立てて笑った。

「だから、それセクハラだってば」

私が二人を睨みつけると、なぜかホストたちまで傷だらけの顔で楽しそうに笑った。


その後しばらくは、池袋のホストクラブ・クロノスとその悪行の数々についてのニュースがマスコミを賑《にぎ》わした。

あの大乱闘の直後、売春防止法、薬物取締法その他もろもろの罪で逮捕された黒崎と真咲だが、シラを切り通し、無実を主張していたらしい。しかし、クロノスのホストたちの口から客の女たちに対する詐欺や監禁、売春などの手口を次々と暴かれ、あっという間に言い逃れのしようもなくなった。ほどなく、事件の共謀者として倉石組の幹部も逮捕され、ＢＩＮＧＯを刺したのはパンチパーマの男の一人であることが判明した。さらに、この事件をきっかけに倉石組には覚醒剤の密輸売買の疑惑も浮上し、今後徹底的に捜査されるそうだ。もちろんクロノスは閉店した。

豆柴から聞いた話では、あの晩、真咲たちはターゲットである私を筋骨逞《たくま》しいなぎさママからどう引き離すか、事務所で策略を巡らせていたらしい。そこに、訳はわからないがママは早々に姿を消して戻ってこないという報告を受け、これ幸いとばかりに私を二階の監禁部屋に連れ込んだのだ。

しかし、この話には失礼極まりないおまけがついてきた。

私の推測通り、黒崎たちは客の中から目的に見合う身の上の女を選び、細工したパソコンでエサとなるチケットを与えていた。しかし、彼らが私に目をつけた理由は、他の女たちとは大きく異なる。「無茶な若作りに、むだに勝ち気な性格。見るからに縁遠そうで、失踪しても誰も心配しないと思ったから」だというのだ。思い当たる節がない訳ではないので、尚《なお》さら腹立たしい。店のホストたちの表現を借りて言い返すなら、「てか、大きなお世話?」だ。


その夜。club indigo は十日ぶりに店を開けた。休業の表向きの理由は「従業員の研修」だが、その実、ホストたちの顔のアザや腫れが引くのを待っていたのだ。ホストたちは「この顔が客の母性本能をくすぐる」「お化け屋敷ホストクラブってコンセプトで」等々のたまい、店に出ると主張したが経営陣三人で話し合い、休業することにした。

「おはようございます。ハルカさんから手紙がきていますよ」

ドアノブをつかみ、六〇度の角度で頭を下げて出迎えてくれながら憂夜さんが言った。ソフトスーツに磨き上げられた革靴、濃厚な顔立ちにむせかえる香水。いつも通りのいで立ちだが、日焼けした額に垂らす前髪の量が心なしかいつもより多い。これも、憂夜さんなりの営業再開に向けての意欲の表れなのだろう。

「手紙？　ハルカちゃんから？」

聞き返すと、オーナーデスクに座った塩谷さんがこちらに背中を向けたまま、便箋《びんせん》をひらつかせた。

私はソファにバッグを置き、すぐに便箋を受け取って読んだ。ハルカは今、都内の病院に入院し治療を受けている。他の女たちもそれぞれに、体と心に受けた傷を癒《いや》すための治療中だ。

手紙は、私や店のみんなが贈った見舞いの品に対する礼状だった。ピンク地に銀のラメを散らした便箋、ラズベリー色のペンで書かれた丸い文字は線の長さやバランスがめちゃくちゃで、句読点や半濁音符が異様に大きい。巷《ちまた》の若い女の間では、こういう文字が流行りらしい。

手紙はこう締めくくられていた。

「周りのみんなは、あたしがＢＩＮＧＯに騙されたって言ってる。でも、あたしはそうは思わないよ。だって、晶さんや indigo のみんながあたしを助けにきてくれたじゃん。

あの晩、二人で渋谷の裏通りを逃げながら、ＢＩＮＧＯはずっとあたしを励ましてくれたんだよ。『indigo まで行けば大丈夫。きっと店のみんなが助けてくれる。なんとかしてくれるから』って。その通りになったでしょ？　ＢＩＮＧＯは、あたしに一度だって嘘はつかなかった。

　晶さん、みんなもありがとう。いつになるかはわからないけど、きっとまた会えるよね？」

「この手紙、今日店がハネたら男の子たちに読んでやるわ」

　便箋をたたみながら言うと、憂夜さんが口の端を上げて優雅に微笑み、塩谷さんは鼻を鳴らして短い脚を机上に乗せた。

　私はガラス張りの壁に歩み寄ってブラインドを開き、フロアを見下ろした。今日も客席は満席だ。

　ＶＩＰルームでジョン太が笑い転げ、前歯に入った純白の仮歯が丸見えになった。アフロヘアは以前よりさらに巨大化している。その横でＤＪ本気がまだ少し腫れている目をコントの小道具のような派手な眼鏡でごまかし、隣のテーブルではアレックスが客に力こぶを見せて喜ばせ、犬マンは相変わらずラフなファッションでも隙がない。そして胸に空のボトルを抱え、その間をしなやかにすり抜けていくのが、コナンと山田ハンサムだ。

　確かに、ＢＩＮＧＯの言葉はウソじゃないかもしれない。アロマキャンドルの光に最高の酒とクラブミュージック、そして、おしゃれで面白いホストたち。club indigo で一晩すごせば、世の中の大抵の厄介ごとはなんとかなる。どうってことないと思えるはずだ。

それでも解決しないなら、仕方がない、話くらいは聞いてもいい。フロアの中央、螺《ら》旋階段《せんかいだん》を上がってダンスフロアの奥。そこが私のオフィスだ。ノックはいらない。王道系ホストファッションでばっちり決めた濃厚な二枚目が、絶妙なタイミングでドアを開けてくれるから。私は部屋の奥で愛想も口も悪い相棒と憎まれ口を叩き合っているはずだから、いつでも声をかけて。

ただし、オーナーの正体は他言無用。それだけは約束して欲しい。

レッドレターデイ

vol.1

渋谷駅ハチ公口前
カフェ
（PM6:15）

From：憂夜
Sub：サプライズパーティ
次の定休日に、高原オーナーの誕生日パーティを開催。
各自プレゼントを用意の上、午後6時になぎさママの南平台の店に集合すること。
注：遅刻厳禁、秘密厳守

信号が青に変わり、駅前のスクランブル交差点にどっと人が溢《あふ》れた。ジョン太はカップのエスプレッソを飲み干し、カウンターテーブルの向こうの窓を見た。既に日は暮れているが、外灯とビルの照明で外は明るい。

スツールから腰を浮かせ、アフロ頭を窓ガラスに押しつけて目をこらすと、交差点の人波の中に見覚えのある金髪マッシュルームヘアと派手なメガネを見つけた。急ぐ様子もなく、のんびりこちらに向かって歩いて来る。

小さく舌打ちし、ジョン太はテーブルを離れて階段に向かった。

「本気《マジ》！」

階段を降りきる手前で声をかけると、店に入って来たＤＪ本気が振り向いた。

「よっ」

軽く手を上げて応え、前方のレジカウンターの列に並ぼうとする。オールインワンは黒と白の横縞《よこじま》。共布の帽子をかぶれば、コントに出てくる囚人だ。

駆け寄って、ジョン太はわめいた。

「並んでどうするんだよ。もう六時過ぎてるんだぜ。遅刻厳禁って言われてるのに」

「いいじゃん。どうせ叱られるんだし、一休みさせてよ。これ重くて大変だったんだから」

平然と返し、手に提げた大きな紙袋をジョン太に押しつけた。確かにずしりと重く、口から覗《のぞ》くと中には大量の本が詰まっている。

仕方なく出入口近くのテーブルを確保して待っていると、ＤＪ本気は間もなくアイスコーヒーのカップを手にやって来た。

「これなに？」

隣の椅子に置いた紙袋を顎で指し、ジョン太は訊《たず》ねた。ＤＪ本気は向かいの席に座り、カップに挿したストローをくわえている。

「プレゼントに決まってるだろ。題して『魅惑の一九八〇年代つっぱりガールズコミックスいいとこどりスペシャル』。ちなみに『いいとこどり』とは、一巻と最終巻だけ買いました、って意味ね。絶版になってたり、プレミアがついてたりするものも多くて、揃《そろ》えるのに苦労したよ。あ、後で代金の半分払ってね」

「わかってるよ。でも、大丈夫なのか？　こんなんで、晶《あきら》さんは喜んでくれるのかよ」

顔をしかめ、また紙袋を覗く。中古本が多いせいか、かすかにカビ臭い。コミックスの背表紙に並ぶタイトルは、『ハイティーン・ブギ』『ヤヌスの鏡』『花のあすか組！』……。

「大丈夫。どれも前に晶さんが、『私の青春の書。いわばバイブル』って言ってたやつだし。一通り読んだけど、予想外に楽しめたよ。晶さんのあのキャラのコアっていうかルーツっていうか、わかった気がする。仏痴義理《ブッチギリ》で夜露死苦《ヨロシク》、ビッとして押忍《オス》！　みたいな」

「また訳のわかんねえことを……あれ。なんか関係ねえのが混じってねえか？　名前は聞いたことあるけど、これもつっぱりコミックなんだ」

首を傾げ、ジョン太は一冊を出した。タイトルは『攻殻機動隊《こうかくきどうたい》』。ＤＪ本気の腕が伸びてきて、コミックスを取り返す。

「違うよ。これは俺のバイブル。晶さんに読んでもらうんだ」

「なんで？」

「すごく面白いし、晶さんも俺のことをわかってくれるかもしれないだろ。なんだかんだで長いつき合いだけど、ここで改めて自己紹介っていうのもいいかなと思ってさ」

目を伏せ珍しく恥ずかしそうに説明し、コミックスを紙袋に戻す。それを眺め、ジョン太はDJ本気の前からカップを取ってアイスコーヒーを飲んだ。

「ふうん。まあお前らしいっていうか、そういうのもアリだと思うよ。でも、そうならそうと言ってくれよ。俺だって自己紹介したいし、読んで欲しいコミックがあったのに」

「たとえば?」

「『スラムダンク』。『ドラゴンボール』も外せねえな。あと『セクシーコマンドー外伝すごいよ‼マサルさん』と『行け!稲中《いなちゅう》卓球部』も」

「……わかりやすいっていうか、ある意味そのまんまだね」

「どういう意味だよ……そうだ。ここって上の階は本屋だったよな。今から買いに行けばいいじゃん」

テンションを上げてジョン太が立ち上がった時、ゴールデンボンバーの新曲が流れだした。周囲の客が振り向く中、DJ本気がポケットから携帯電話を取り出す。

「またあいつからメールだ。俺ら、マジで信用ないんだな」

「俺らってなんだよ。一緒にすんな。で、あいつって誰?　なんとなく想像つくけど」

「たぶんそれで合ってるよ」

「やっぱり。あの野郎、小じゃれてスカしたプレゼントを用意して余裕かましてるんだろうな。けど、俺らだって負けちゃいねえぜ。向こうがセンスなら、こっちはウケで勝負だ」

「趣旨がズレてきてない？　まあ、面白ければなんでもいいけど」

言い合いながらＤＪ本気が携帯を構え、ジョン太は脇から覗く。画面に表示された文面を読み始めて間もなく、

「えっ！」

「マジかよ⁉」

同時に声を上げた。また周囲の人が振り向いたが構わず、二人は画面に見入った。


（ＶＯＬ．２につづく）

Welcome to club indigo

渋谷の片隅にたたずむ隠れ家、「club indigo」
ホストという型にはまらない
気取らず親しみやすいキャストが、
居心地のいい空間をつくり出します。
「ホストクラブ」という概念を一変させる、
最高の夜をお楽しみください。

System

・営業時間　19:00〜Last
・定休日　日曜日
・連絡先　03-xxxx-xxxx

・料金　『初回サービス』
90分:¥3000
ドリンク飲み放題(TAX in)

『通常料金』
フリータイム:¥8000
セット料金:¥3000
指名料金:¥4000

※当店は20歳未満のお客様のご入店はお断りさせていただいております。
※身分証明書のご提示がない場合、ご入店をお断りする場合があります。

YOUYA

マネージャー

憂夜

「もしかしたら、意外なことでお役に立てるかもしれませんよ」

Profile

誕生日：ノーコメント

血液型：存じません

身長：パス

出身地：ご勘弁を

趣味・特技：ハーブティーの研究

好きなブランド：Vのつくイタリアンブランド

香水：ご想像にお任せします

煙草：吸いません

message

ようこそ、club indigoへ。
誠心誠意、
おもてなしさせて
いただきます。

JOHN-TA

「カッコよくなきゃ。ベタはダサいでしょ?」

堂々の指名数No.1!
ジョン太

Profile

誕生日：7月15日

血液型：O型

身長：178cm

出身地：東京都

趣味・特技：寝ること、遊ぶこと

好きなブランド：D＆G

香水：もらえるなら何でも

好きな食べ物：ポテチ・ハンバーガー・フライドチキン

message

You、
来ちゃえばいいじゃん!

TETSU

「大丈夫。俺が守るよ」

人気急上昇中！ 期待の新人！

テツ

Profile

誕生日：3月1日

血液型：A型

身長：165cm

出身地：山梨県

趣味・特技：映画鑑賞（スパイク・リー）

好きなブランド：Bボーイ系とか

香水：つけません

好きな食べ物：ビタミンCを多く含むもの

message

がんばるんで、
よろしくお願いします。

REPORT

マネージャー
憂夜の
秘密業務メモ

高原オーナー

高原 晶
Takahara Akira

・80年代の音楽や漫画がお好き。
・表のお仕事がお忙しいようなので、癒しの効果があるハーブティーを。

塩谷オーナー

塩谷 馨
Shioya Kaoru

・トラッドがお好き。
・愛読のスポーツ紙を切らさないようにしておくこと。
・お酒と塩分を取りすぎていらっしゃるので、デトックス効果のあるハーブティーを。

要注意！

柴田 克一
Shibata Katsuichi

・渋谷警察署生活安全課課長。通称「豆柴」。
※頭のテカリが強いときは不機嫌なので注意すること！

要注意！

祐梨亜
Yulia

・ジョン太の恩人の娘さん。小学5年生。派手なファッション。プリクラ好き。
・王道系のイケメン、有名人が好き。
※「キレイ」と褒められると弱いので悪い虫に注意！